용을 삼킨

검

1

사 도 연 신무협 장편소설

ORIENTAL FANTASY STORY & ADVENTURE

dream
books
드림북스

용을 삼킨 검 1 귀병(鬼兵)

초판 1쇄 인쇄 / 2014년 8월 19일
초판 1쇄 발행 / 2014년 8월 26일

지은이 / 사도연

발행인 / 오영배
책임편집 / 편집부
펴낸 곳 / (주)삼양출판사 · 드림북스

주소 / 서울특별시 강북구 솔샘로67길 92
대표 전화 / 02-980-2112 팩스 / 02-983-0660
편집부 전화 / 02-980-2116 팩스 / 02-983-8201
블로그 / blog.naver.com/dreambookss

등록번호 / 제9-00046호
등록일자 / 1999년 3월 11일

ⓒ 사도연, 2014

값 8,000원

ISBN 979-11-313-0112-8 (04810) / 979-11-313-0111-1 (세트)

* 지은이와 협의하에 인지는 생략합니다.
* 잘못된 책은 구입한 곳에서 바꾸어 드립니다.

이 도서의 국립중앙도서관 출판시도서목록(CIP)은 서지정보유통지원시스템홈페이지
(http://seoji.nl.go.kr)와 국가자료공동목록시스템(http://www.nl.go.kr/kolisnet)에서
이용하실 수 있습니다. (CIP제어번호: 2014023432)

사도연 신무협 장편소설

ORIENTAL FANTASY STORY & ADVENTURE

1

귀병(鬼兵)

dream
books
드림북스

목차

序

"우리 성아는 커서 뭐가 되고 싶니?"
"영웅! 세상을 구하고 누나도 지키는 멋있는 영웅!"

하지만 세상은 나를 영웅이 아닌 악마로 만들었다.

第一章

죽음과 삶의 경계

"누나……!"

무성(武星)은 누나의 손을 꼭 쥐었다.

앙상하게 메마른 손이다.

힘이 없다.

열여덟의 나이. 예쁘고 보드라워야 할 손은 억척스러운 할머니의 것처럼 까끌까끌하기만 하다. 굳은살은 다 헤져서 창백하다.

무성은 그래서 더 눈물이 날 것 같았다.

언제나 동생을 위해 갖가지 고생만 하던 손이다.

누나는 먹을 것도 제대로 먹지 못하고 입을 것도 제대로 입지 못했다.

언제나 좋은 것이 있으면 가장 먼저 무성에게 주었다. 자신의 안위는 돌보지 않고 오로지 무성을 챙기기에 여념이 없었다.

단 세 살밖에 차이나지 않는 누이이건만.

무성에게 누나는 단순한 혈육이 아니었다.

아주 어린 시절에 죽어 얼굴도 모르는 어머니보다 더 어머니 같은 존재였고, 어느 날 말없이 사라진 아버지보다 더 든든한 가장이었으며, 늘 옆에 있어 주는 친구였다.

세상 무엇과도 바꿀 수 없는 가장 소중한 사람이었다.

하지만 그런 소중한 사람이 죽어 가고 있었다.

"너답지 않게 왜 우는 거니? 남자는 울면 안 돼."

누나는 창백한 몰골과 기식이 엄엄한 상태에서도 오로지 무성 걱정밖에 않는다.

"지금은! 지금은 내가 아니라 누나 걱정부터 하라고, 이 바보야!"

"내 동생, 사랑하는 내 동생. 어디 얼굴 한번 만져 보자."

누나는 손을 뻗었다. 하지만 힘없이 휘휘 젓기만 한다.

흐리멍덩한 두 눈은 무성을 찾고 있다. 이제는 앞도 잘 보이지 않는 것이리라.

무성은 천천히 누나의 손에 얼굴을 가져다 댔다.

굳은살로 얼룩진 손이 거칠게 볼을 쓰다듬고, 눈과 코를 매만진다.

누나의 입가에 어느덧 미소가 번졌다.

"역시 내 동생이야. 잘 생겼어. 동네에 있는 처자들이 너만 보면 피하지? 다들 부끄러워서 그런 거야. 그러니까 못되게 굴지 말고 잘해 줘."

"알았어. 알았으니까 그만 말하라고!"

"그러니까…… 너무 화내지 마렴. 누구도…… 미워하지 말고 원망하지도 말고……."

누나의 손을 꼭 잡은 무성의 손에 힘이 들어갔다.

왜 화를 내지 말라는 건가!

그들이 누나를 이렇게 만들었는데!

그 사람들이 예쁘고, 어리고, 착하고, 다정하기만 했던 누나를 이렇게 만들었는데! 대체 왜!

하지만 무성은 가슴속에 쌓인 화를 쏟아 내지 못했다.

"세상에는 즐겁고 신 나는 일이 많단다. 그러니까 그 행복을 찾아. 나는 우리 성이가 웃을 때가 가장 멋있어 보여."

"안 되겠다. 누나, 너무 이상해. 의원 아저씨 데려올게. 그러니까 여기서 잠깐만 기다려."

"우리 성이, 불쌍한 성이. 아직 어린데 이렇게 누나가…… 먼저 가고 나면……."

"누나? 누나!"

"행복…… 해야……."

"누나!"

무성은 누나를 몇 번이고 불렀지만, 팔은 힘을 잃고 축 늘어졌다.

그래도 마지막 가는 길은 동생과 함께 있어서 행복했던 것일까?

그녀의 입가에는 미소가 맺혀 있었다.

그 미소가 무성의 뇌리에 강하게 새겨졌다.

가슴속에 쌓인 울분이 폭발하고 말았다.

"으아아아아아아아!"

무성은 집이 떠나가라 비명을 질렀다.

비명은 밤이 새도록 이어졌다.

끼익!

산자락 오지에 위치한 자그마한 모옥 문이 열렸다.

무성이 천천히 걸어 나오고 있었다.

두 눈은 퀭하게 가라앉았다. 입술은 단단히 봉해진 채 아무런 감정조차 느껴지지 않았다.

"죽여 버리겠어. 전부 다."

무성의 오른손에는 단검 한 자루가 걸려 있었다.

＊　　　＊　　　＊

동정호.

수많은 시인과 묵객들이 오고 가면서 감탄을 터뜨리는 곳에서 변사가 발생했다.

악양루 인근에서 고관대작의 자식 다섯이 고급 기녀들을 태우고 뱃놀이를 즐기던 중에 괴한이 갑작스레 난입하면서 손 쓸 새도 없이 살해당한 것이다.

기녀들은 괴한이 행여 자신들에게도 피해를 입힐까 싶어 덜덜 떨었으나, 괴한은 그녀들 따위는 안중에도 없는 듯 멍하니 허공을 응시하기만 했다.

결국 급히 출동한 관군의 지휘 아래 괴한은 빠른 속도로 체포되었다.

그때까지만 해도 괴한은 아무런 저항도 하지 않았다.

이 사건은 동정호 인근을 떠들썩하게 만들었으나, 대부분의 소문이 그러하듯이 금세 많은 사람들의 뇌리 속에서 잊혀졌다.

그리고 한 달이 흘렀다.

*　　　*　　　*

캄캄한 어둠 속.

대체 이곳에서 얼마나 있었던 걸까?

누구 하나 찾지도 부르지도 않는 곳. 죽음만을 기다리는 어둠 속에서 그는 깊게 침잠해 있었다.

그때 간만에 불빛이 드리웠다.

끼익!

기름칠을 하지 않아 경첩이 요란스럽게 울린다.

"죄수 번호 사십칠! 나와라!"

간수의 쩌렁쩌렁한 목소리. 어둠 속에서 시푸른 귀화(鬼火) 두 개가 등불처럼 밝혀졌다.

'이제 누나에게 갈 시간인가?'

대포두 강운(姜雲)은 눈앞에 끌려나온 사람을 보면서 인상을 찌푸렸다.

'무슨 어린놈의 눈빛이……!'

열다섯이나 되었을까.

앳된 인상을 가진 소년이다.

이목구비가 뚜렷해 장성하게 되면 꽤 많은 여인들의 눈물을 훔칠 것 같지만, 눈빛이 맹수처럼 사납다.

자신을 속박한 포승줄과 재갈이 풀리기만 하면 당장 죽여 버리겠다는 눈빛.

소년은 나이에 어울리지 않게 한때 호남 장사를 떠들썩하게 만든 흉악범이며 곧 죽을 날짜가 얼마 남지 않은 사형수다.

뇌옥의 가장 지하에 갇혀 있었으면서도 겁먹은 기색 한 번 보이지 않고, 계속된 고문과 협박에도 눈 한 번 깜빡하지 않던 독종이다.

한 번씩 저 눈빛을 마주칠 때면 자신도 모르게 움찔거릴 때가 한두 번이 아니었다.

"어떠신지요?"

강운이 옆을 돌아보며 공손하게 물었다.

사형수를 지그시 관찰하던 청년이 빙긋 웃었다.

"이자가 바로 초왕(楚王) 주상례(朱尙禮) 전하의 아들 되시던 주익(朱翼) 각하를 해한 범인이라고요?"

"예. 그렇습니다."

강운은 머리가 땅에 닿도록 허리를 숙였다.

아들뻘밖에 되지 않은 자지만, 청년은 앞으로 그의 인생을 탄탄대로로 만들어 줄 사람이었다.

옥혈기린(玉血麒麟) 북궁민(北宮敏).

강북을 지배한다는 사대 가문 중 하나인 북궁검가(北宮劍家)의 소가주다.

북궁민은 강운과 생각이 전혀 반대였는지, 흥미로운 눈길로 무성을 뚜렷이 관찰했다.

"하하하! 한 달 전 호남을 들썩이게 했던 범인이 이렇게 어린 소년일 줄이야!"

한 달 전에 강남을 휩쓴 충격적인 사건이 있었다.

현 황제가 각별히 아낀다는 둘째 동생, 주상례.

덕분에 황제는 주상례에게 문물이 풍요롭다는 호남을 영지로 내주었다. 덕분에 주상례의 권위는 하늘을 찔렀다.

주상례는 슬하에 네 아들을 두었다.

그중 가장 아끼는 아이가 나이 오십이 되어 늘그막에 얻은 막내, 주익이다.

그런데 그런 주익이 참변을 당하고 말았다.

동정호에서 친구들과 뱃놀이를 즐기다가. 당시 동승했던 친구들도 모두 조정에서 큰 소리를 내는 고관대작들의 자식들이었다. 당연히 이 사건은 일파만파 퍼져 세상이 무너지는 것이 아닌가 하는 커다란 파장을 낳았다.

그런데 흉계를 꾸민 범인이 이토록 어린 자일 줄이야.

"놈의 사형 집행일은 이틀 후입니다. 때문에 초왕 전하

뿐만 아니라 여러 고관들께서 예의주시를 하시는데, 자칫 이 일이 발각되어서는……. 다른 사형수들도 많으니 그 자들로 대체하심은 어떠실는지……."

강운이 말끝을 흐린다.

이만하면 북궁민도 물러날 거라 여겼다.

무림과 관부가 서로 불가침이라고는 하나, 황궁이 엮이게 되면 이야기가 다르다.

하지만.

"이자를 얻고자 온 길입니다. 여기서 물러설 수는 없는 일이지요."

북궁민의 눈빛은 어느 때보다 크게 반짝이고 있었다.

야망.

소년을 이용해 야망을 이루겠다는 의지가 엿보였다.

"너, 이름이 무엇이냐?"

북궁민은 소년을 가리키며 물었다.

소년은 슬쩍 고개를 들었다. 형구에 양팔과 머리가 묶인 녀석은 고개를 살짝 뜨는 것이 전부였다.

퀭하게 가라앉은 눈이 보인다.

아무런 감정도 이성도 담기지 않은 눈.

하지만 북궁민은 흐리멍덩한 초점 저변에 깔린 무언가를 읽었다.

소년은 북궁민을 가만히 보다가 '홱' 하고 고개를 옆으로 돌렸다.

"이, 이놈이 지금 여기가 어느 안전이라고……!"

강운이 화들짝 놀라 펄펄 날뛰었다. 자칫 북궁민의 심기를 건드릴까 싶은 염려에서였다.

하지만 북궁민은 도리어 재미나다는 표정이 되었다.

"한 달 하고도 보름 전. 장사의 유화 객잔에서 음식을 나르던 한 점소이가 장정 다섯에게 끌려가 집단 윤간을 당한 사건이 있었지. 점소이가 나이도 어리고, 근방에서도 미색이 곱기로 소문이 자자한 계집이었다지?"

일순, 소년의 몸이 움찔 떨렸다.

북궁민은 못 본 척 말을 계속 이어나갔다.

"대명률에 있어 윤간은 하초를 자르거나 태형 오십 대에 준하는 중형이지. 하지만 장정 다섯은 그날 무혐의로 풀려났어. 도리어 피해를 입은 계집은 죄 없는 이들에게 누명을 씌웠다는 죄로 감금되어, 제때 치료도 제대로 받지 못했지. 그 때문에 병을 얻었다지 아마?"

소년이 갑자기 고개를 번쩍 들었다.

흐리멍덩하던 두 눈이 일순 귀화를 토해 냈다.

이전과는 상상도 할 수 없는 기운이다.

살기.

사람을 죽일 정도로 독한 심정과 악독한 분노를 가진 자만이 가질 수 있는 힘이다.

'역시!'

북궁민은 내심 쾌재를 외치며 차갑게 웃었다.

"그리고 보름 후. 그들 장정 다섯은 동정호에서 한 괴한에 의해 끔찍하게 살해되고 말았다. 하지만 세상 사람들은 동정호의 변고에만 집중할 뿐, 그 배경에 어떤 사연이 있는지는 관심이 없어. 그렇지 않나?"

"닥쳐."

소년이 으르렁거린다.

더 떠들면 그 목덜미를 뜯어 버리겠다는 듯이.

"그런데 그거 아나? 다들 죽었다고 생각했던 놈들 중 한 놈이 아직 근근하게나마 살아 있다는 것을?"

"뭐?"

소년이 믿기지 않는다는 눈빛이 되었다.

북궁민이 차갑게 웃었다.

"분명 잘못은 그들이 했는데 왜 벌은 네가 받아야 하는 거지? 누이를 상처 입힌 범인은 버젓이 살아 있는데 왜 너는 여기에 이런 몰골로 있는 것이냐?"

소년이 무어라 말하려는 그때.

"복수를 하고 싶지 않나?"

"······!"

소년의 떨림이 거짓말처럼 멈췄다.

"이제야 말을 잘 듣는군."

북궁민의 미소가 더욱 짙어졌다.

"다시 물으마. 네 이름이 무엇이냐?"

"······성."

"뭐?"

소년이 귀화로 번뜩이는 눈으로 또박또박 답했다.

"진무성(陳武星)."

귀화를 태우는 내내, 무성은 가슴이 터질 것만 같았다.

'살아 있다고? 그놈들 중에 하나가?'

분노를 머금고 행했던 일이다.

복수를 하지 말고, 미워하지 말고, 원망을 하지 말고, 오로지 행복하며 살라던 누이의 유언.

무성은 언제나 누이의 말을 반드시 지키려고 노력했지만, 그 말만은 처음으로 거부했다. 복수를 하지 않으면 도저히 참을 수 없을 것 같았다. 그래서 찢어 죽여도 시원찮을 놈들을 향해 칼을 휘둘렀다.

그때까지만 해도 복수를 끝냈다고 생각했다.

뒤늦게 쫓아온 관군들이 포박을 하는 동안에도 저항 한

번 하지 않고, 일사천리로 사형이 구형될 때까지 항변도 하지 않았다.

이대로 누이를 따라갔으면 좋겠다.

오로지 그 생각뿐이었다.

하지만 스스로 목숨을 끊으면 하늘에서 누이에게 원망만 들을 것 같으니, 조금 늦더라도 모든 게 끝이 나면 그때 뒤를 따르려 했다.

그런데…… 이제는 살아야 할 이유가 생겼다. 무성의 눈빛이 붉은빛을 띤다. 피처럼 붉은 적광이 번뜩였다.

복수는 아직 끝나지 않았다.

"진무성? 진씨 성에 무로써 별이 된다는 뜻이로군. 좋은 이름이야. 진무성, 진무성."

무성에게 원수가 살아 있단 사실을 가르쳐 준 북궁민은 답답한 무성의 마음 따윈 아랑곳하지 않고 장난스럽게 무성의 이름을 계속 입에 담았다.

무성의 속내를 더 애타게 만들 속셈이다.

무성은 북궁민을 노려보았다.

귀화가 일렁거리는 눈.

북궁민은 '앗, 뜨거!' 하는 표정을 지으면서 한 발자국 물러섰다.

"그렇게 너무 노려보지 말라고. 나는 그저 이야기를 하고 싶을 뿐이니까."

"무슨 말?"

하지만 북궁민은 여전히 대답을 회피했다.

"네가 해한 놈들은 개차반이긴 했어도, 무공은 제법이었거든. 그런데 한낱 애송이 하나가 그런 놈들을 모조리 죽였지."

무성은 북궁민이 말하고자 하는 의도를 대충이나마 눈치챘다.

"거기다 주변에는 날고 긴다는 고수들도 꽤 있었고. 너는 그 포위망을 뚫고, 직접 선상에 뛰어들어 다섯 명의 목덜미를 뜯어 버린 거야. 그러니 궁금해지지 않겠어?"

"……."

"들기로는 광대로 분장해 화선(花船)에 올랐다지? 재주를 부리는 척하면서 실수로 등화를 장루(墻樓)에다 떨어뜨리고, 화재가 나자 갑판으로 다급히 내려온 놈들을 차근차근히 목을 찔러 버리고."

과정은 매우 간단명료하다.

하지만 만반의 준비가 없었다면 절대 불가능했을 거란 사실을 북궁민은 꿰뚫어 보고 있었다.

무성의 인상이 서서히 굳어졌다.

가슴 한편에서 '설마?' 하는 마음이 들기 시작했다.

"신기한 점은 광대는 애초 뱃놀이에 올라올 예정이 없었고, 화재는 크게 일어나 장루만 태워 버리고 금방 꺼졌다는 거지. 수사를 했던 포두들도 그 점만은 밝히지 못했어. 대체 무슨 수를 쓴 거냐?"

"……."

"어디 내가 한번 맞춰 볼까?"

북궁민은 말이 없는 무성을 보면서 말을 이었다.

"처음부터 기녀……!"

"닥쳐!"

순간, 무성의 몸이 북궁민을 향해 쏘아졌다.

하지만 뒤에서 대기하고 있던 북명검수가 급히 위에서 아래로 무성을 찍어 눌렀다.

무성은 바닥에 얼굴을 처박은 채로 아등바등거렸다.

귀화가 타오르는 눈은 북궁민을 노려보았다. 두 눈은 살의로 가득했다.

그러나 살의 너머로 숨겨진 본심은 걱정이었다.

'절대! 절대 그들을 다치게 할 수는 없어!'

북궁민이 예상한 대로 무성은 기녀들의 도움을 크게 받았다. 원수들이 기녀들을 대거 이끌고 야심한 시각에 뱃놀이를 즐길 거라는 사실을 안 것도, 장루에 유약을 발라 겉면만 타오를 수 있도록 한 것도, 쉽게 깨질 수 있는 등잔을 준비한 것도.

그뿐만이 아니다.

애초 무대를 만들어 준 것도 기녀들이다.

본래 원수들 주변은 호위무사들이 절대 떠나지 않는다. 주변에 원한을 산 일이 많아 신변 보호만은 끔찍하게 생각했던 놈들이다.

하지만 기녀들은 다른 눈이 있는 데서는 여흥이 생기지 않는다는 핑계로 무사들을 외곽으로 물러서게 했고, 예정에 없던 광대를 보고 싶다며 화선에 태우게 했다.

'누나를 위해 위험을 감수한 사람들이야! 절대 다치게 해서는 안 돼!'

기녀들이 그런 위험을 자초한 것은 무성의 간곡한 부탁도 있지만, 누이에 대한 의리 때문이었다.

누이는 착한 마음씨만큼이나 주변 사람들을 돌보는 것을 좋아했다.

힘든 일이 생긴 마을 사람들의 일손을 도와주는 것은 물론, 일하는 객잔 인근의 사람들과도 두루 친해지며 그들의 어려움을 보살펴 주었다.

특히나 하층민에 속하는 기녀들은 차별 없이 자신들을 언니 동생으로 여겨주는 누이에 대한 애정이 각별했다.

무성이 복수를 하겠노라며 나섰을 때, 기녀들이 섣불리

나서준 것도 모두 그 때문이었다.

　물론 무성은 그들의 은혜를 절대 잊지 않았다.

　그렇기에 행여 일을 치른 후에 기녀들이 다칠까 싶어 스스로 포박되었다.

　자신과 기녀들만 함구하고 있으면 사실은 절대 새어 나갈 일이 없으니 무덤까지 안고 갈 속셈이었다.

　그런데 그것을 꿰뚫어 본 이가 생겼다.

　어떻게든 입막음을 해야 하지만, 이렇게 제압이 되고서야 무엇을 할 수 있단 말인가.

　가슴이 바짝 타들어 간다. 입술이 메말랐다.

　귀화는 녀석을 좇으며, 어떻게든 이 일을 처리해야 한다는 생각으로 가득 찼다.

　"다행히 포두들은 아직 내막을 몰라. 강 포두께서도 밝힐 생각이 없으시고. 안 그렇습니까?"

　"예? 예, 예!"

　강운은 갑자기 이야기 화살이 자신에게로 날아오자 화들짝 놀랐지만, 금세 고개를 끄덕였다.

　이미 사형수들을 빼돌리려는 일을 꾸미고 있는 판에 비밀이 하나 더 생긴다고 해서 달라질 것은 없다.

　"물론 비밀이 언제까지 지속되리란 법도 없지만."

　무성은 노호를 터뜨렸다.

"대체 하고 싶은 말이 뭐냐!"

"후후! 아직 안 풀린 의문이 있어서."

북궁민은 여전히 여유로운 인상을 하고서 말했다.

"암만 봐도 탈출할 시간은 충분했단 말이야. 기녀들을 걱정했던 마음은 알겠지만, 그것 역시 조심하면 그만인데 말이지."

"……."

무성은 입을 꾹 다물었다.

"역시나 아무 말도 하지 않는군. 뭐, 상관없겠지. 내가 하고 싶은 말은 하나다."

"뭐지?"

"네 자질이 탐난다."

북궁민의 눈이 호선을 그린다.

"자질뿐만 아니야. 머리, 독기, 전부 맘에 들었어. 내 개가 되어라."

"뭐?"

"물론 그냥 되라는 건 아니야. 도와주마. 복수를 할 수 있도록."

"……!"

분노와 초조함으로 물들었던 무성의 머릿속이 새하얗게 변했다.

심연 아래에 버렸던 마음이 튀어 올랐다.

원한!

귀화가 거칠게 타올랐다.

'놈을…… 따라가야 해.'

북궁민이 원하는바 따위는 아무래도 상관없다.

원수를 갚을 수만 있다면 그것이 설사 악마의 손이라 한들 잡지 못할까.

"사냥개가 되라는 거냐?"

"역시 판단이 빠르군. 어때? 너에게는 나쁜 일이 아닐 텐데? 복수와 새 인생. 구미가 당기지 않나?"

"새 인생 따윈 필요 없어. 대신에 가르쳐 줘."

"뭘?"

"살아남았다는 놈. 누구지?"

"주익."

"말도 안 돼. 내가 분명 놈의 심장에다 칼을 박았……!"

"사람들 중에는 특이한 체질을 타고난 이가 있다. 내장이 정반대로 태어나 심장이 우측에 있는."

"……!"

무성은 입을 꾹 다물기만 할 뿐 잠시 아무런 답도 하지 않았다.

바득!

하지만 이가 갈리는 것만으로도 무성의 속내는 이미 표현되었다. 타오르는 귀화가 다른 어느 때보다 거칠었다.

주익은 황제의 조카이자, 누이를 상하게 한 다섯 놈들 중에서도 가장 주도적으로 활동하던 놈.

그런 녀석이 살아남았으니 화가 클 수밖에 없다.

더군다나 그렇게 다친 녀석의 주변에는 얼마나 많은 고수들이 포진해 있을 것인가.

과연 지금의 무성이 그들을 뚫고 주익을 죽일 수 있을까?

"너를 따르면…… 정말 놈을 잡을 수 있나?"

"당연하지."

"너를 어떻게 믿지?"

북궁민은 코웃음을 치더니 턱을 들고 오만하게 외쳤다.

"나는 북궁민이다. 옥혈기린 북궁민. 충분하지 않나?"

무성도 들은 적이 있다.

북궁검가.

강북을 지탱하는 네 개의 가문 중 검(劍)의 조종(祖宗)에 오른 이들.

과거 검종본산으로 이름을 떨쳤던 화산(華山)과 무당(武當)도 오늘날에는 그들에게 한 수를 접어주지 않던가.

북궁검가의 검공을 얻을 수 있다면 무리가 아니다.

"좋아. 사냥개가 되겠어."

"잘 생각했다."

"단!"

북궁민은 그럴 줄 알았다는 듯이 호기롭게 일어나려다 갑작스러운 조건에 인상을 찌푸렸다.

무성의 귀화가 크게 일렁거렸다.

"먼저 이빨부터 내놔."

"하하? 하하하하!"

허가 찔린 북궁민은 손으로 얼굴을 감싸며 크게 웃음보를 터뜨렸다.

그러더니 씩 웃으며 무성을 제압한 북명검수에게 눈짓을 주었다.

북명검수는 고개를 끄덕이며 무성에게서 물러났다. 동시에 손을 갈퀴처럼 구부려 무성을 포박하고 있던 줄을 모두 끊어주었다.

갑작스레 몸에 자유가 돌아오자 막혔던 혈류가 돌았다.

무성은 이를 악물고 가까스로 현기증을 참았다.

"받아라."

북궁민은 품속을 뒤지더니 책자 하나를 무성 앞에다 떨어뜨렸다.

표지에는 네 글자가 적혀 있었다.

곤호심법(鯤呼心法).

"원래 나중에나 주려 했던 것이지만, 필요하다니까. 앞
니 정도는 되겠지?"

무성의 눈이 반짝거렸다.

이것이 정확히 무엇인지는 알 수 없으나, 절대 작지 않
다는 것쯤은 쉽게 짐작할 수 있었다. 그가 부단히 노력했던
여러 삼류 무공을 모두 합쳐도 이 하나에 닿지 못하리라.

책자를 쥔 손의 힘이 강하게 실렸다.

"좋아."

"그럼 앞으로 잘 부탁하지. 개."

"나야말로. 주인."

무성의 귀화와 북궁민의 눈웃음이 허공을 스쳤다.

북궁민은 자신이 뽑은 이 소년이 아주 훌륭한 재료가 되
리라 믿어 의심치 않았다.

그는 즉시 대동한 수하들에게 명을 내렸다.

"대업을 위한 중요한 인재다. 보호에 있어 일말의 소홀
함도 없어야 할 것이다!"

"존명!"

북궁검가의 정예, 북명검수(北溟劍手) 삼십 인은 우렁차
게 답하며 일사불란하게 움직였다.

마차를 가져오는 것과 동시에 무성에 대한 흔적을 조작하기 위해서였다. 여러 이목을 끄는 사형수답게 그를 다루는 일은 북궁검가로서도 매우 조심스러웠다.

강운은 한산해진 마당에서 손바닥을 비볐다.

"저기…… 약조하셨던 일은 어찌 되는지?"

"아, 외조부께 부탁드리겠다던 약조?"

강운은 하대를 하는 북궁민의 갑작스러운 태도 변화에 심기가 불편했지만, 헤픈 웃음을 멈추지 않았다.

강호와 관부가 불가침이라고는 하나, 북궁검가가 지금의 성세를 띨 수 있었던 데에는 조정에서 명문가로 유명한 정주유가(鄭洲劉家)와 인척 관계를 맺었기 때문이다.

북궁민은 정주유가를 외척으로 두고 있다.

확실히 그가 손을 쓰고자 한다면 일개 포두 하나를 승진시키는 일은 무리도 아니리라.

북궁민은 한 번 약조한 것을 절대 잊지 않는다.

그가 강운에게 무어라 답을 내놓으려는 찰나,

퍽!

망치로 내려친 듯한 파육음과 함께 뒤통수가 터지며 강운이 그대로 고꾸라졌다. 즉사였다.

녀석의 옆으로 피가 묻은 돌멩이가 데구루루 굴렀다.

갑작스러운 방해를 받은 북궁민이 인상을 찌푸리며 돌멩

이가 날아온 방향을 노려보았다.

그곳에는 무성이 살벌한 눈을 하고서 앉아 있었다.

무성은 이 일에 대한 아무런 변명도 하지 않았다. 마치 자신이 당연히 해야 할 일을 했다는 듯이.

"역시 웃긴 놈이야."

북궁민은 무성의 갑작스러운 행동에 이유를 묻지 않았다. 대신 사냥개가 자신이 할 일을 찾아 했다 여기며 만족에 찬 미소로 소리쳤다.

"유상(劉相)!"

"하명하십시오!"

북명검수의 수장이자, 외가인 정주유가 출신인 유상이 고개를 조아린다.

"마무리 지어라."

"강운은 밤중에 취기를 가누지 못하다 마차에 치여 죽은 것이며, 진무성은 일정대로 내일 사형이 될 것입니다."

북궁민은 미소를 지으며 몸을 돌렸다.

"그럼 목적지로 이동한다!"

하지만 북궁민은 돌아서느라 미처 보지 못했다.

무성의 귀화가 그의 등에 꽂혀 있다는 사실을.

第二章

마차 속 사람들

무성은 활짝 열리는 마차 뒷문 앞에 섰다.

겉으로 봤을 때는 그저 소에게 줄 여물 따위를 실은 짐마차로밖에 보이지 않는다.

하지만 겉만 그럴 뿐, 내부는 두꺼운 강판을 덧댄 우리였다. 밖으로 통하는 창도 없으며 내부에서 탈출도 할 수 없도록 벽면에는 고리와 쇠사슬이 연결되어 있다.

안에는 이미 두 명의 선객이 있었다.

꾀죄죄하고 비실한 몰골에 어딘가 비릿한 인상을 풍기는 중년인과 먼지로 살짝 더러워지긴 했어도 학창의를 갖춰 입은 중후한 인상의 선비.

전혀 어울리지 않는 이상한 조합이다.

잠시간 무성과 두 사람 사이에 눈빛이 마주쳤다.

무성은 이들 역시 자신과 마찬가지로 북궁민이 그리는 '어떤 것'을 수행하기 위한 재료라는 사실을 깨달았다.

"올라타라."

유상이 턱짓을 하자, 무성은 오르기 직전에 말했다.

"내게 명령하지 마."

"뭐?"

무뚝뚝하던 유상의 표정이 살짝 일그러졌다.

"명령하지 말라고. 난 그쪽 주인의 말밖에 안 들어."

"……!"

"이 건방진 작자가!"

뒤에서 대기하고 있던 북명검수가 노호를 터뜨리며 검병에 손을 가져갔다.

"멈춰!"

그때 유상이 손을 뻗어 수하를 제지했다.

유상은 무성의 시푸른 귀화를 보며 담담히 말을 이었다.

어느덧 찌푸려진 인상은 다시 펴졌다.

"나를 시험해 보지 않아도 앞으로 그럴 기회는 많을 것이다. 반대로 네가 시험당할 일도 많겠지. 올라타라. 갈 길이 멀다."

"……."

무성은 유상을 보다 마차 안으로 걸음을 옮겼다.

끼익! 쿵!

문이 닫힌 후, 유상은 마차를 두들기며 소리쳤다.

"출발하라!"

천천히 달리기 시작하는 마차.

그 뒷모습을 지켜보는 유상의 입가엔 살짝 미소가 맺혀 있었다.

언제나 싸늘한 태도와 무심한 표정을 하고 있어 북명검수들 사이에서도 냉혈검객(冷血劍客)이라 불리는 그가.

하지만 그 미소는 어딘가 속을 짐작할 수가 없었다.

*   *   *

다그닥, 다그닥!

장사의 저잣거리를 통과하는 한 대의 짐마차.

소에게 줄 여물 따위를 실은 짐마차는 여러 검색에서도 아무런 제지도 없이 무사히 통과하며 형산 쪽으로 천천히 움직였다.

하지만 텁텁한 먼지가 가득 퍼진 여물 더미 뒤편에는 세 명의 사내가 단단히 포박된 채로 앉아 있었다.

양손은 허리 뒤편으로 묶이고, 다리는 포승줄로 단단히 얽혀 움직일 수도 없다.

무성은 답답함을 느낄 새가 없었다.

'포두 강운도 누이의 죽음을 덮으려 했던 놈이었지.'

생각은 자연스레 다른 사람으로 이어졌다.

'주익, 네가 살아 있단 말이지?'

황제의 조카이자, 동정오우(洞庭五友)의 수장.

처음 그놈과 만났을 때의 모습은 아직도 잊히지가 않는다.

"뭐? 누구? 그런 년이 있었나?"

동정오우는 고관대작들의 자제들로 수많은 염문과 추문을 뿌려 많은 백성들로부터 지탄을 받았다.

그런데도 그들은 눈 하나 깜빡하지 않았다.

너무나 많은 잘못을 해 왔으면서도 가책을 느끼지 않는다. 아니, 신경도 쓰지 않았다. 당연히 누이에게 끼친 해 따위는 떠올리지도 못했다.

그것이 무성을 화나게 만들었다.

다른 네 명의 목덜미를 뜯어 버리고, 마지막에 주익의 심장에다 칼을 박을 때에도 놈은 한결같았다.

"사과? 이 내가 어디서 사는지도 모를 화냥년 따위에
게 사과를 하라는 것이냐? 지금이라도 떠나라! 그럼 오
늘 있었던 네놈의 모든 실수를 모른 척 넘어가 줄 테니!"

다른 네 명은 누이에게 사과하라는 무성의 처절한 절규
에 눈물을 펑펑 쏟으면서 몇 번이고 사죄했다.

그것이 설사 죽음을 코앞에 둔, 공포에 젖은 진심 어린
사과가 아닐지라도, 사죄는 사죄였다.

하지만 주익은 전혀 그런 것이 없었다.

도리어 꼬리를 친 누이가 잘못이 아니냐던 태도.

그래서 몇 번이고 놈의 몸에다 단검을 쑤셔 박았다.

그래도 끝내 사죄는 받지 못했다. 피를 너무 흘린 나머지
절명해 버린 것이다.

아니, 절명해 버렸다고 생각했다.

복수가 끝났다는 생각에 멍하니 하늘을 쳐다보았으니.

하지만 그것이 무성에게 치명적인 독이 되고 말았다.

'곤호심법. 지금 믿을 건 그것밖에 없어.'

강해질 방법은 부단한 무공 수련밖엔 없다.

몇십 번이고 반복해 외운 삼백예순다섯 개의 구결은 머
릿속에 단단히 박혀 둥둥 떠다녔다.

하지만 뱁새가 황새를 따라잡으려면 가랑이가 찢어지기 마련이다.

삼류 토납법만 익혔던 무성의 머리로는 도저히 곤호심법을 따라잡을 수가 없었다.

입문도 겨우 할 수 있을 뿐.

그 후는 커다란 절벽 앞에 부딪친 것처럼 막힌다. 어떻게든 익히려 해도 이상하게 숨이 턱 하고 막혔다.

절벽을 오를 수 있는 법을 알았으면 좋겠는데, 도와줄 사람은 아무도 없다.

며칠 동안 북궁민의 얼굴도 보지 못했다.

분노 어린 마음과 복수를 빨리 해내야 한다는 초조함, 그리고 무공을 익혀서 강해져야 한다는 긴장이 자꾸만 그를 조급하게 만들었다.

더군다나 한 가지 더.

'북궁민을 끝까지 믿을 수는 없어.'

무성은 사냥개가 되기로 마음먹었지만, 정작 북궁검가에 대해서는 아는 바가 전혀 없었다.

그래서 의도적으로 유상에게 시비를 걸어보았다.

하지만 유상은 모든 것을 꿰뚫어 본 듯이 대수롭지 않게 여겼다.

절대 예사로운 자가 아니다.

하물며 그런 자를 다루는 북궁민은 어떻겠는가.

북궁민은 무성을 마음에 드는 사냥개로 여기는 듯하지만, 사냥개는 달리 언제든지 팽(烹)을 당할 수 있는 신세이기도 하다.

복수를 하기도 전에 이용만 당할 수는 없는 노릇이다.

'사냥개도 주인을 물 수 있는 장치가 필요해.'

무성의 생각은 여러 가지로 복잡하기만 했다.

"자네, 무슨 생각을 그렇게 하는가?"

맞은편에서 중저음의 차분한 음성이 울렸다.

빛은 들어오지 않아도 어둠에 익숙해진 눈은 사물의 윤곽을 대충이나마 잡아낸다.

'한유원(韓柔遠)이라고 했었나?'

이미 선객으로 와 있던 두 사람 중 중후한 인상을 가진 선비다.

한유원은 무성이 처음 마차에 탔을 때부터 말을 걸어주었다. 묻지도 않았는데 자신의 이름과 나이, 그리고 과거사 따위를 늘여 놓았다.

한유원은 한때 학림원의 학사까지 제수됐다 할 정도로 실력이 빼어난 유학자라고 자신을 밝혔다. 선비 출신답게 목소리는 낮게 깔리고 행동거지도 엄숙했다.

"내 뜻하지는 않았으나, 자네의 안타까운 사연을 좀 들을 수 있었네. 그러니 어찌 그냥 넘어갈 수 있겠는가? 어린 나이에 그렇게 혹독한 짓을 당하고 말았으니……. 하지만 그런 때일수록 마음을 다잡고 가슴속에 쌓인 울분을 털어 내시게."

아마 마차 문이 잠시 열렸을 때 북명검수들이 나눴던 대화를 얼핏 들은 것이리라.

"복수라는 것은 헛된 미망(迷妄)과도 같은 것이라네. 공명에 눈이 먼 것도 좋지 않은 일이지만, 한낱 복수심에 눈이 먼 것은 그보다 더한 죄악을 낳고 말지."

한유원은 제자에게 학문을 가르치는 스승처럼 엄하게 무성을 꾸짖었다.

그러나 여전히 무성은 묵묵부답이었다.

듣지도 않고 말없이 고개를 옆으로 돌렸다.

"본디 죄악으로 물든 업은 사람의 심성을……."

"아! 씨발, 구시렁구시렁 시끄러워 죽겠네! 미친 소리 좀 그만해!"

별안간 한유원 맞은편에 앉아 있던 비릿한 인상의 중년인이 버럭 소리를 질렀다.

"아이고, 그렇게 잘나고 똑똑하셨어요? 누가 보면 성인군자 난 줄 알겠네?"

"……."

한유원은 금세 이를 다물었다.

한유원은 겁이 많다. 반면에 중년인은 다혈질이다.

본디 법보다 가까운 주먹이 무서운 법.

한유원은 주먹이라도 날아올까 싶어 재빨리 고개를 회피했다. 그것이 지난 사흘 동안 그가 중년인과 같이 있으면서 터득한 생존 방식이었다.

중년인은 시끄럽던 게 사라지자 속이 다 후련하다는 듯이 만족에 찬 표정을 지었다.

그러다 심심했는지 무성에게로 홱 고개를 돌렸다.

"어이, 막내! 거기 앉아서 뭐하고 있어? 신입이면 신입답게 발딱 일어서서 자기소개부터 하지 않고?"

무성은 가만히 중년인을 보았다.

중년인은 비릿한 미소를 흘리면서도 두 눈에는 기이한 광망을 번뜩이고 있었다.

무성은 저런 눈빛을 잘 안다.

이미 겪어봤으니까.

'동정오우.'

광기(狂氣).

한유원과 다르게 중년인은 보통 사람의 잣대로 판단하지 못한다. 자신이 잘난 줄 알며 자신을 모든 평가의 기준점으로 여긴다.

주익을 비롯한 동정오우가 저랬다.

저런 놈을 상대하면 이쪽만 짜증이 난다.

괜한 곳에 심력을 소모할 생각이 없었기에 무성은 말없이 고개를 옆으로 '휙' 하고 돌렸다.

누이가 남긴 말이 있다.

복수에 눈이 멀지 말라던 말. 웃으라던 말.

저 광기에 휩쓸리는 순간 자신도 저자와 똑같은 사람이 되고 만다.

원수인 동정오우와 다를 바가 없어져서야 어찌 누이의 얼굴을 볼 수 있을까.

"이 새끼가!"

한편 자신이 무시당했다는 느낌을 받은 중년인은 크게 노발대발하며 무성에게 으르렁거렸다.

그것이 녀석을 무시하려던 무성을 자꾸 자극했다.

동정오우와 비슷한 냄새를 뿜는 녀석과 한 자리에 있는 것만으로도 그는 심장 한편에서 꿈틀거리는 충동을 참을 수가 없었다.

결국 무성은 짜증과 분노를 크게 뱉어 버렸다.

화르륵!

"닥쳐!"

어둠과 적막이 내려앉은 짐칸 내부로 두 개의 시푸른 불꽃이 켜졌다.

아니, 켜진 것처럼 보였다.

지글지글 타오르는 귀화.

안광이 어둠을 뚫고, 중년인 간독(姦毒)의 뇌리에 강렬하게 꽂혔다.

그는 등골에 소름이 돋았다.

어떻게 사람의 눈빛이 저럴 수가 있을까.

과연 어린 소년이 저런 눈을 가질 수 있는 걸까.

"뭐? 너, 지금 뭐라고 했냐?"

간독의 인상이 굳어진다.

그는 눈초리를 옆으로 쭉 찢으며 무성을 노려보았다. 목소리에는 살의가 충만했다. 보통 사람이라면 기겁을 할 살기가 마차 내에 감돌았다.

간독은 흑도에 몸을 담그면서 가장 쓰레기 같은 짓을 골라 했었다. 덕분에 깡은 절대 남들에게 뒤지지 않았다.

눌리지 않을 것 같은 독종을 요리하는 법도 잘 안다.

보다 압도적인 위세로 찍어 눌러야 한다.

누르는 것도 그냥 눌러서는 더 크게 튀어 오르기 마련이니 다시는 일어설 수 없도록 아예 박살을 내버려야 뒤탈이 생기지 않는다.

"닥치라고 하지 않았나?"

"하! 이 새끼가 어리다고 귀엽게 봐줬더니 이젠 아예 기어오르는구나? 뒈지고 싶어서 환장했냐?"

"봐달라고 한 적 없어. 그리고 입 냄새 나니까 주둥이 치워."

하지만 무성 역시 깡으로는 절대 지지 않았다.

도리어 작은 체구에서 풍기는 기세가 야생의 들개처럼 사납기만 하다.

'무슨 어린놈의 살기가……!'

뱃놀이에 갑자기 난입해 남자 다섯의 모가지를 땄다는 말은 진즉에 들었다.

하지만 간독 역시 살인은 숱하게 해본 몸.

다섯 놈을 죽였다고 해서 무섭지는 않았다. 도리어 허약한 샌님들이나 잡았겠지, 어린놈에게 당했으니 당한 놈들은 얼마나 멍청할까 비웃기만 했다.

그런데 그것이 아니다.

무성이 풍기는 살기는 흑도에서도 찾기가 힘들 정도로 지독하다.

저런 눈을 가진 놈들은 언제고 사고를 친다.

저런 놈들은 어떻게든 짓밟아야 한다. 이쪽이 당하기 전에 쳐야만 한다.

"이 새끼가 보자 보자 하니까!"

간독은 버럭 소리를 지르며 무성에게 달려들었다.

그의 손이 무성의 목을 잡아채려는 찰나, 벽면 고리에 걸린 줄이 팽팽하게 그를 잡아당겼다.

주먹 하나 크기밖에 차이 나지 않는 팽팽한 간격.

무성은 솥뚜껑만 한 손바닥이 눈앞에 아른거리는 데도 눈 한 번 깜빡하지 않았다.

도리어 더 귀화를 활활 불태웠다.

"해 볼 수 있으면 해봐. 대신에 네 목도 온전치 못할 거야."

"……!"

간독은 잠시간 주먹을 잠시 꼼지락거리다 이내 벽면에 털썩 등을 붙였다.

하지만 두 눈은 여전히 무성을 노려보기에 바빴다.

무성과 간독 사이에 흐르는 지독한 분위기.

서로를 잡아먹을 듯한 기세에 한유원은 말없이 입을 꾹 다물었다. 구석에 박혀 아무런 말도 하지 않았다.

그렇게 얼마나 대치가 이뤄졌을까?

끼익!

갑자기 잘 달리던 마차가 우둑 멈춰 서더니 짐칸의 문이 활짝 열렸다.

눈부신 햇살이 얼굴을 때린다.

갑작스러운 빛에 눈이 적응되질 않았다.

문 앞에는 북궁민과 옆에는 순박한 인상을 자랑하는 덩치 큰 장한이 서 있었다.

장한은 큼지막한 눈을 끔뻑끔뻑 대면서 마차와 주변을 둘러보기에 바빴다. 몸이 바들바들 떨리고 있는 것이 겁에 단단히 질린 모양새였다.

"꼴을 보니 무슨 일이라도 있었나 보군."

북궁민은 흉흉한 기세가 감도는 짐칸 내부를 쓱 훑어보더니 피식 웃음을 터뜨렸다.

이들이 악기와 살의에 가득 찰수록 그는 더욱 마음에 들어 하는 눈치였다.

"서로 견제하고 미워하는 건 좋지만 싸움은 금지야. 당신들 전부 내게는 중요한 재료들이니까. 내가 상처를 내면 또 모를까, 서로 다투다가 멍청하게 못 쓰게 되어 버리면 나만 손해거든."

"히히히. 죄송합니다요. 그런데 옆에 있는 자는……?"

간독은 강자에게는 약하고 약자에게는 강한 전형적인 소인배였다.

그는 굽실거리다가 장한을 슬쩍 보았다.

방금 전까지 상대했던 독종인 무성과 다르게 한유원처럼

만만한 먹잇감이 들어왔다는 데에 대한 만족감이었다.

북궁민은 그것을 알면서도 모른 척 넘어갔다.

"이름은 대웅(大熊). 앞으로 너희들과 같이 지낼 것이다. 들어가."

"아아아! 으으으아아!"

대웅은 큼지막한 손을 들어 몇 번이고 무어라 말을 하려 했지만 그때마다 튀어나오는 것은 새된 소리였다. 말을 못하는 벙어리였던 것이다.

북명검수들은 말없이 대웅을 안으로 밀어 넣고 다른 사람들처럼 똑같이 포박해 줄과 엮었다.

대웅은 그때까지만 해도 계속 발버둥을 쳤다.

도와 달라는 애처로운 눈빛으로 다른 사람들을 본다.

하지만 한유원만이 동정 어린 시선을 보낼 뿐, 간독은 재미나다는 듯이 기괴한 웃음을 터뜨리기에 바빴다.

무성은 간독과의 신경전을 언제 벌였냐는 듯이 벽에 등을 붙였다. 다만, 그는 가만히 귀화가 타오르는 눈으로 대웅을 지그시 보았다.

아무런 말도 없이, 가만히.

'저놈, 뭐지?'

*　　　*　　　*

마차가 다시 움직이기 시작한다.

북궁민은 유상을 보며 물었다.

"이것으로 모두 네 명인가?"

"예."

"그동안 고생 많았어."

"고생이라니요. 모두 주군의 대업을 위한 것입니다."

"조금만 기다려. 곧 세상이 달라져 있을 테니까."

북궁민은 유상의 어깨를 두들기며 치하했다.

다른 가문들의 눈을 피하기 위해 강남으로 몰래 숨어들어 계획을 이행하기 시작한 지 벌써 한 달이 되어 간다.

그동안 유상은 부단히도 애썼다.

각기에 숨어 있는 재료들을 선발하는 것은 북궁민의 몫이었으나, 그들을 아무런 분란 없이 데려오는 것은 유상의 공이었다.

"제갈무후가 남긴 팔진도(八陣圖)를 해석하며 뛰어난 병법가가 될 뻔했으나, 특기와는 반대로 황제에게 병력 충원은 안 된다며 상소문을 올려서 목이 매달린 학사. 삼 년이 넘게 일백이 넘는 여인들을 간살하며 다니다가 겨우 붙잡힌 색마. 황제의 조카를 시해한 살인범. 그리고…… 괴물."

이들을 모두 모으기 위해 들인 공이 막대하다.

거기에 투입되고 또한 투입될 예정인 자금도 엄청나다.

이건 도박이었다.

북궁검가는 가문의 사활을, 북궁민은 자신의 인생을 건 도박.

"그럼 마지막으로 소림(少林)의 혈나한(血羅漢)을 데리러 가 볼까?"

* * *

사흘 후.

마차에는 청초한 인상을 자랑하는 여인이 탔다.

마차 내부가 환하게 밝혀지는 것 같다.

한 떨기 초롱꽃처럼 청초한 인상의 여인.

옥을 빻아 곱게 바른 것처럼 새하얀 피부에 구슬을 박은 것처럼 영롱한 눈동자, 탐하고 싶은 붉은 입술까지.

절대 쉽게 볼 수 없는 미녀다.

하지만 눈빛만큼은 무언가 예사롭지 않다.

북풍한설을 옮겨 담은 것처럼 날카롭다. 톡 건드리면 부서질 것 같은 설녀(雪女)의 인상이다.

거기다 품속에는 큼지막한 크기의 대검을 꼭 끌어안고 있었다. 마치 너무나 소중한 보물처럼.

싸늘한 냉기와 대검의 위세.

그 기세가 사뭇 대단하다.

마차 내에 흐르는 살의와 광기는 여인 덕분에 흐려졌다.

그 때문인지 간독의 눈가엔 탐심이 흘렀다.

"이봐, 아가씨. 이름이 뭐야?"

간독은 눈을 번뜩이며 여인을 희롱했다.

여인은 차가운 눈빛으로 간독을 보다 고개를 옆으로 돌렸다. 대꾸도 하기 싫다는 태도였다.

"씨발, 어린놈이고 계집년이고 죄다 콧대만 높아져서는……! 헉!"

간독은 사흘 전 대치했던 무성을 떠올리며 분개를 터뜨렸다.

무성이 내뿜는 살기 때문에 그는 한유원과 둔하기만 한 대응을 괴롭히기만 할 뿐, 거기서도 별다른 재미를 느끼지 못했다.

그래서 참다 참다 못해 폭발했다.

수많은 포두와 협객들의 맹렬한 추격 속에서도 일 년 넘게 유유히 빠져나가며 일백 명이 넘는 여인들을 간살해오던 그가 아닌가.

간독은 간교하기로는 둘째가라면 서럽다.

하지만 행선지와 목적지가 어디인지 모를 이 답답한 여

정은 그를 자꾸만 조바심이 들게 만들었고, 끝끝내 정신을
어지럽혔다.

하지만 간독은 말을 제대로 잇지 못했다.

갑자기 숨이 턱 하고 막혔다.

알 수 없는 압박감이 폐부를 쥐어짜고, 보이지 않는 줄로
목을 단단히 조는 것 같았다.

무형지기(無形之氣).

사람을 해할 수도, 죽일 수도 있는 고수의 기운이 간독을
짓눌렀다.

그 기운의 근원은 바로 여인이었다.

'고, 고수!'

간독도 어느 정도 무공을 단련했다.

제법 명문이라 할 만한 문파에서 수양을 쌓았고, 어느 정
도의 입지에 올랐다. 고수는 못 되어도 최소한 중수는 되었
다.

하지만 여인은 간독이 닿을 수 있는 범위, 그 너머의 존
재였다.

'그런 자가 대체 여긴 왜……!'

간독의 두 눈에 핏대가 서며 끝내 흰자위가 드러나려는
무렵,

스스스!

갑자기 숨통을 압박하던 무형지기가 거짓말처럼 사라졌다.

"켁, 켁, 켁!"

간독은 땅을 부여잡으며 헛구역질을 토했다.

여인은 싸늘한 눈빛으로 입을 열었다.

"더 이상 날 자극하지 마세요."

여인은 더는 아무 말도 하지 않고 가만히 눈을 감았다.

마차 내에 싸늘한 적막이 내려앉았다.

무성은 귀화를 켠 채로 가만히 동승자들을 보았다.

여전히 헛구역질을 하는 간독과 말없이 상황을 지켜보는 한유원, 여전히 구석에 박혀 덜덜 떠는 대웅과 혼자 널찍하게 앉아서 명상에 잠겨 있는 여인까지.

'남소유(藍素裕)? 뭘 하던 사람인지는 모르겠지만 강해. 어쩌면 북궁민과 대등할지도 모르는 고수가 여긴 대체 왜?'

귀화가 깊게 침잠한다.

'대체 이 인원들로 뭘 하려는 거지?'

                    *   *   *

다시 이틀 후, 드디어 마차가 멈췄다.

북궁민은 유쾌한 미소를 지었다.

"전부 풀어 줘."

북명검수 두 명이 짐칸으로 들어가 단도로 사형수들을 포박하고 있던 줄을 모두 끊어 주었다.

"으으! 답답해 죽는 줄 알았네."

간독은 유들유들하게 웃으며 얼떨떨한 손목을 한 번 흔들어 대더니 천천히 일어서서 마차 밖으로 나왔다.

남소유는 쥐가 난 다리를 몇 번 주물러 대더니 천천히 나왔고, 한유원은 가만히 홀린 듯이 터덜터덜 둘의 뒤를 따랐다.

무성과 대웅은 가장 늦게 나왔다.

대웅은 여전히 겁에 질려 있어 북명검수들이 강제로 끌어내야 했고, 무성은 빛에 적응하느라 늦었다.

무성은 주변을 둘러보았다.

'여기가 목적지로군.'

병풍처럼 깎아지른 절벽들이 길게 늘어서 있다.

"그럼 따라와라."

북궁민이 움직였다.

무성은 다른 사형수들에게서 한참이나 떨어져 가장 뒤에

서 걸었다.

그들의 뒤편에는 북명검수들이 포위망을 갖추고 있어 도망칠 생각은 엄두도 내지 못했다.

아니, 기회가 있어도 무성은 그런 헛된 시도는 하지 않으리라.

'힘. 힘을 얻어야 해.'

무성은 잠시 가졌던 동승자들에 대한 생각을 모두 버렸다.

여기까지 온 이상 확실히 힘을 얻고 돌아가야만 한다.

특히 그 생각은 남소유를 보고 나서 더 확실해졌다.

고수.

단순히 기세를 내뿜는 것만으로도 인간의 생사여탈을 결정짓는다는 것은 엄청난 충격을 가져다주었다.

무성 역시 어린 시절부터 무공을 익혀왔다.

비록 삼류 무공에 불과했지만, 기본기는 누구보다 탁월했다. 누이가 그런 모진 고생을 했던 것도 모두 무성이 수련에 집중할 수 있도록 도와주기 위해서였다.

그래서 남소유와 북궁민이 가진 깊이가 얼마나 깊은지 알면서도 그 끝이 어디인지 짐작은 가지 않았다.

아주 짧은 순간이지만, 그때의 인상은 너무나 강렬했다.

사실 이것도 평상시였다면 이런 감정이 들지 않았을 것

이다.

하지만 문제는 무성은 근래 곤호심법이라는 심법을 익히고 있다는 점이었다.

자신의 일천한 지식으로는 입문이 고작이고, 깊게 파고드는 것은 불가능한 신공이었지만, 단순히 호흡법을 행하는 것만으로도 세상이 달라지고 있었다.

아주 얕은 샘물에 불과했던 단전은 어느덧 실개천이라 할 수 있을 만큼 부쩍 커졌다.

감각은 더욱 예민해졌다.

어둠 속에서 윤곽을 잡는 것이 고작이었던 눈은 서서히 빛을 찾아가며 밤눈도 훨씬 밝아졌고, 귀는 마차 밖의 소리도 어렴풋이 들릴 정도였다. 그 외에도 코, 손, 입까지 모두 훨씬 영역이 넓어졌다.

몸에는 활력이 돌았다.

닷새 넘게 짐칸 안에만 꼼짝하지 않고 갇혀 있다 보니 확실치는 않지만, 예전보다 몸도 훨씬 가벼워진 것 같다.

무엇보다 머릿속이 맑아지고 정신이 개운해졌다.

이전에는 분노와 원한으로 얼룩져 흥분으로 도색되었던 이성이 조금씩 냉정을 찾아갔다.

보다 사물을 객관적이고 이성적으로 판단 내릴 줄 알게 되었다.

덕분에 기다림과 차분함을 알게 되어 조급함을 가지지 않았다. 주익에 대한 원한이 사라진 것은 아니었지만, 흥분에 시야를 가리는 우(愚)는 범하지 않게 되었다.

아주 짧은 시간 동안에 벌어진 것이라고는 생각하기 힘든 변화다.

그렇다 보니 강해지는 신체만큼이나 강해지고자 하는 욕구도 더 크게 샘솟았다.

그런데 남소유가 여기에 직격타를 때린 격이 되었다.

'이제 주익의 주변에는 많은 고수들이 경호를 서고 있겠지. 그들을 뚫기 위해서는 최소한 저 정도만큼의 힘이 필요해.'

동정호 때는 다행히 너무나 좋은 기회를 만들어 틈을 노릴 수 있었지만, 이제는 그것이 불가능하다.

어쩌면 저 힘을 얻을 수 있을지도 모른다는 생각에 심장이 미친 듯이 쿵쾅거렸다.

'그런데 대체 어디로 가는 거지?'

북궁민은 평소 말 많은 성정답지 않게 묵묵히 앞으로 걷기만 한다.

그 뒤를 따르다보니 어느새 주변은 짙은 안개가 깔리기 시작했다.

분명 방금 전까지만 해도 마을과는 한참이나 떨어진 풍

광 좋은 숲이었건만.

이제는 가장 앞에 있는 사람 외에는 주변은 온통 짙은 안개로 아무것도 볼 수가 없다.

그나마 위쪽으로 경사가 있는 것이 산을 오르고 있다는 것만 알 뿐이다.

이것이 말로만 듣던, 기의 흐름을 인위적으로 꼬아 자연을 조작한다는 기문진(奇門陣)이 아닐까 예상하는 것이 고작이었다.

그렇게 걷기를 한참, 결국 풍광을 뿌옇게 가렸던 안개 장벽이 서서히 걷히기 시작했다.

그러면서 끝도 모를 정도로 높다랗게 서서 병풍처럼 크게 늘어선 절벽들이 보이기 시작했다.

절벽은 제법 넓은 너비의 공터를 따라 둘러 싸여 분지를 만들어 내고 있었다.

과연 탈출이나 침입이 가능할까 싶다.

'이곳이라면 주변의 눈을 피해 얼마든지 무사를 비밀리에 양성할 수가 있어.'

어느덧 정신을 차리고 보니 일행은 공터의 가장 중심에 서 있었다.

북궁민의 걸음도 그제야 멈췄다.

"이곳이 백 일 간 너희들이 지낼 장소다."

'백 일?'

무성의 가만히 미간을 좁혔다.

힘을 얻기엔 턱없이 부족한 시간이다.

제아무리 신공절학이라 한들 어떻게 그 시간 동안 강하게 만들어 줄 수 있단 말인가.

무성과 같은 생각이었는지 간독이 앞으로 나섰다.

"그게 무슨 소리요! 백 일 동안 무공을 익힌다 한들 할 수 있으면 뭘 할 수 있단 말이오? 삼재검법을 익혀도 그보다 더 긴 시간이 소요될 것인데!"

주변을 둘러싸던 북명검수들이 눈을 부리부리하게 뜨며 검병쪽으로 손을 가져갔다.

유상이 인상을 찌푸리며 간독에게로 걸음을 옮기려는 찰나, 북궁민은 손을 들어 걸음을 제지했다.

그는 입가에 냉소를 폈다.

"내가 언제 무공을 가르쳐 주겠다고 했지?"

"그게 대체 무슨 소리요!"

아니 땐 날벼락이란 말이 절로 실감이 난다.

간독이 화들짝 놀라 항의를 하려 북궁민에게 다가가려했다.

그때 어느새 목젖 앞에 차가운 예기가 흐르는 칼날이 닿았다.

"그 이상 주군 앞으로 다가가지 못한다."

"······젠장!"

유상의 싸늘한 경고에 간독은 땅을 걷어찼다.

북궁검가의 검공을 익혀, 자신을 이런 꼴로 만들어 버린 작자들을 모조리 불살라 버릴 기대에 가득 차 있던 그이기에 좌절감은 더욱 컸다.

그렇다고 해서 저항할 생각 따윈 하지도 못했다.

그의 실력은 흑도에서나 통했지, 진정한 고수라 할 수 있는 북명검수들에게는 파리 목숨밖에 되지 않는다.

'분명 뭔가가 있어. 대체 뭘 하려는 거지?'

무성은 가만히 북궁민을 바라보았다.

북궁민은 분명 복수를 할 수 있게 도와준다고 했다. 그러면서 사냥개가 되라고 했다.

무성은 황궁이 가장 예의 주시하는 황족 시해범이다.

북궁민이 그런 무성을 두고 심심파적으로 위험을 감수하면서까지 구출했다는 생각은 들지 않는다.

그렇다면 다른 방법을 모색해 둔 것이 있다는 뜻.

무공 수련을 통한 무사 양성이 아니라면? 대체 왜?

"하면 우리들을 이런 비밀 장소로 모은 이유가 무엇이오? 북궁검가와 같은 대단한 곳이 꾸미는 일이라면 절대 작은 일이 아닐 텐데?"

한유원이 조심스레 의도를 물었다.

"본격적인 이야기를 하기 전에 너희들의 적성부터 알아
보자."

북궁민이 팔짱을 끼며 턱짓을 하자, 가장 근처에 있던 북
명검수 하나가 천천히 앞으로 나섰다.

스르릉, 칼이 뽑히는 소리가 울린다.

엄청난 예기와 살의가 바람에 실려 공터를 감돌자, 간독
은 등 뒤로 식은땀을 흘렸다.

"제기랄…… 밤새 꿈자리가 뒤숭숭하더라니."

북궁민의 명령이 떨어지기 무섭게 북명검수가 사형수들
에게로 달려들었다.

몸을 날린 북명검수는 단 한 명.

하지만 수많은 고수들이 산적해 있다는 강호에서도 일류
에 속하는 자답게 그가 풍기는 기세는 대단했다.

파파파파!

뜀박질을 하며 땅이 발을 닿을 때마다 엄청난 강풍이 불
어 닥치고, 그 뒤를 모래 기둥이 높이 치솟는다.

기둥 사이로 흐르는 검이 결을 갈랐다.

쾅!

모래가 검풍과 함께 폭사하며 엄청난 강풍이 사방으로
불어닥쳤다.

일순, 무성을 비롯한 사형수들의 시야가 가려졌다.

"멍청한 놈들."

북명검수의 싸늘한 조소가 귓가를 울리는 가운데, 먼지 구름을 뚫고 괴한이 나타났다.

그의 첫 목표는 간독이었다.

촤악!

오른쪽 팔이 허공으로 튀었다.

"크아아아악!"

간독이 비명을 토하는 사이 북명검수가 몸을 돌렸다.

다음 목표는 무성이었다.

'진짜로 벴어!'

무성의 얼굴이 잔뜩 굳었다.

북궁민은 분명 사냥개를 기를 것이라고 했다. 거기다 덧붙여 '상처를 입을 수 있다'고도 했다.

그 과정이 바로 이것이었나 보다.

이곳으로 달려오는 북명검수 너머에 북궁민이 웃고 있는 모습이 눈에 들어왔다.

'강해져야 한다면 살아주마!'

무성은 이를 악물었다.

'대체 어디로 오는 거지?'

무성의 눈이 바쁘게 움직였다.

자욱하게 가라앉은 먼지구름 속으로 북명검수가 빠르게 달려오는 모습이 보인다.

먼지구름 상당수가 검풍에 의해 흩어졌다고 하지만, 북명검수의 움직임은 신출귀몰했다. 먼지구름 속으로 사라졌다 나타났다 하는 모습이 마치 귀신 놀음 같았다.

엄청난 긴장감과 압박감, 그리고 녀석이 풍기는 기세가 발목을 묶었다.

녀석은 무성의 움직임을 묶고 싶어 한다.

의지를 시험해 보고자 하며, 안목을 평가해 보고자 한다.

'그렇다면!'

무성은 숨을 크게 들이켰다.

"후—읍!"

배가 터져라 빨아들인 호흡과 함께 소량이나마 쌓은 내공이 조금씩 움직이기 시작했다.

곤호심법이다.

아니, 이건 북궁검가를 대표하는 곤호심법이라 할 수 없다. 그 귀퉁이에도 미치지 못하는 하찮고 볼품없는 작은 파편에 불과하다.

하지만 파편일지라도 기존에 무성이 익혔던 토납법에 비하면 하늘과 땅 차이이다.

그 차이가 무성의 안법(眼法)을 키웠다.

동공이 커지면서 아주 잠깐 동안 북명검수의 움직임이 읽혔다.

'우측! 그렇다면……!'

북명검수의 검이 대각선으로 목을 치려 한다.

무성은 검을 피하지 않고 되레 날아오는 방향으로 머리를 밀어 넣었다.

아주 짧은 순간, 북명검수가 당황하는 기색이 읽혔다.

퍽!

북명검수는 다급히 검로를 옆으로 틀었다.

스걱!

검은 아슬아슬하게 비켜나 무성의 우측 어깨를 한 움큼 훑고 지나갔다.

무성은 살짝 아린 고통에 인상을 찌푸렸지만 참았다.

"미친놈!"

"미치지 않고서야 너희들을 당해낼 수 없으니까!"

"좋다. 언제까지 이럴 수 있나 보자꾸나!"

북명검수는 분명 간독을 직접 베는 것을 봤으면서도 머리통을 들이미는 무성의 배짱에 크게 놀랐다.

하지만 한편으로는 한낱 사냥개 따위에게 희롱당했다는 사실에 크게 분개했다.

이번에는 진짜 베어 버릴 생각으로 검로를 꺾어 손목에 힘을 가득 실었다.

'이번에는 좌측 옆구리! 이전 방식은 통하지 않아. 읽어야 해!'

다행히 한번 습득된 안법은 팽팽하게 잘 돌아갔다.

무성은 오른쪽으로 몸을 던졌다. 아니, 던지려는 순간 갑자기 몸을 뒤틀면서 왼쪽으로 굴렀다.

슉!

먼지구름을 가르며 검이 아슬아슬하게 무성의 옆구리를 스쳐 지나갔다. 옷이 찢어지면서 작은 생채기에서 핏물이 살짝 튀었다.

무성은 데구루루, 바닥을 몇 번이고 구른 후에야 겨우 멈출 수 있었다.

먼지투성이가 되어 고개를 치켜드니 건너편에서 북명검수가 이곳을 보고 있었다.

북명검수는 마음에 들지 않은 듯 인상을 살짝 찌푸리다가 이내 말없이 몸을 돌렸다.

먼지구름이 몰려들며 그의 존재가 사라졌다.

타닥!

북명검수의 다음 목표는 한유원이었다.

"호오?"

북궁민은 흥미가 감도는 눈길로 무성을 보았다. 손은 턱을 쓰다듬었다.

"제법입니다."

"그렇지?"

유상이 무뚝뚝하게 고개를 끄덕였다.

북궁민의 명령에 따라 사형수들의 뒤처리를 마무리 지은 그는 천옥원(天獄園)에 방금 도착한 참이었다.

"예. 아주 단편에 불과하지만 곤호심법의 명안결(明眼訣)을 얻어서 실전에서 써먹을 줄은. 거기다 제 목숨을 던질 줄 아는 독기까지. 썩히긴 아깝습니다."

"하지만 그래서 사냥개로 부리기 더 좋아."

곤호심법은 모두 다섯 가지의 부분으로 구성된다.

그중 명안결은 심장과 눈을 연결하고 강화시켜 안력을 증대한다.

본디 눈이란 모든 신체 기관에 있어 가장 중요한 곳.

또한, 무인에게 있어 절대 없어서는 안 될 신체 기관이기도 하다.

안력이 강해진다는 것은 그만큼 살 확률이 높아지고, 적의 투로를 읽을 수 있는 능력이 생긴다는 뜻이다.

"살공(殺功) 외에 무엇을 주실 참이십니까?"

이것은 단순히 사형수를 선별하는 작업이 아니다. 그러려 했다면 애초에 데리고 오기 전에 걸러냈을 것이다.

지금 하는 작업은 저들의 적성 분류다.

본디 사람이란 백인백색이란 말이 있듯이 알맞은 무공과 교육법이 따로 있기 마련이다.

짧은 시간 안에 결과물을 내야 하는 그들로서는 가장 효율적인 작업, 즉, 저들의 재능과 적성에 맞춰서 무공과 교육법을 제시할 수밖에 없었다.

다행히 북궁민의 사람을 평가하는 안목은 탁월했다.

"도효(韜曉)."

북궁민의 짧은 대답에 유상의 눈이 살짝 커졌다가 이내 웃음이 어렸다.

"확실히 어울리겠군요."

"그래. 살공에다 마효, 거기다 이법(異法)까지 더해진다면 최고가 아니겠어?"

북궁민은 살짝 들뜬 눈치가 되었다.

"그뿐만이 아니야. 준비해 둔 다른 것까지 이어진다면…… 분명 이법은 꽃을 피우게 될 거다. 더불어 눈엣가시였던 다른 놈들도 모두 치워 버릴 수 있겠지."

"저들 모두 얻으면 살되, 못 얻으면 죽겠지요."

"후후후! 어차피 다들 죽을 목숨이 아니었나?"

유상은 묵묵히 고개를 끄덕이며 시선을 무성에서 한유원 쪽으로 돌렸다.

북명검수가 그곳으로 움직이고 있었다.

"한데, 북련(北聯)은 좀 어때?"

북궁민은 대웅을 눈으로 좇으며 물었다.

"주군께서 저지르신 일로 꽤나 떠들썩합니다."

"후후!"

"웃으실 일이 아닙니다. 맹의 수뇌부들이 십 년이라는 긴 시간을 들여 복구한 것입니다. 한데, 그것을 가지고 숨어 버리시니 가주께서도 당황하는 눈치이십니다."

"좀 당황하시라 그래. 아버지는 그래도 괜찮아."

"하지만 주군께서 장난으로 지핀 불길을 잠재워야 하는 건 바로 저이지요."

"우리 사이에 그 정도는 해 줄 수 있잖아?"

"……."

"하하! 너무 진지하게는 받아들이지 마. 백 일이야, 백 일. 백 일만 참으라고."

북궁민의 눈빛에 유상은 고개를 끄덕였다.

석 달이 넘는 조금 넘는 시간이 흐르고 나면 강북은 모두 북궁검가의 것이 되리라.

때마침 한유원의 시험이 끝났다.

스걱!

검이 빛을 뿌리며 한유원의 허리 아래를 단숨에 갈랐다.

"으아아아아아악!"

무릎 아래가 떨어져 나가면서 피가 튀었다.

한유원의 고통에 찬 비명 소리가 자욱하게 울리는 가운데, 북명검수는 한유원이 만들어 낸 피 웅덩이를 밟으며 다음 사냥감을 노렸다.

두 사람은 누군가가 다치는 광경에도 눈 하나 깜빡하지 않았다.

"저자는 무엇을 주시렵니까?"

"다리는 없어도 머리는 쓸 수 있으니 신기(神機)로."

무성은 어깨와 옆구리를 흐르는 상처를 매만졌다.

미미한 고통에 인상이 절로 찡그러졌다.

'죽겠네.'

분명 상처는 크지 않다. 피도 조금 흐르다 그쳤다.

그런데 고통은 그렇지 않다.

욱신거리는 통증 뒤에 찌르르 남은 진통이 있다.

기파. 검풍의 파장이 남긴 잔재다.

혈관과 기맥을 타고 일부 흘러든 기파가 단전을 찌르고 있다. 흔히 고수들이 말하는 경력(勁力)의 일종이기도 하다.

　이런 시도는 두 번 이상은 할 것이 못되었다.

　'그런데 저자는 그것을 전부 참았단 말이지?'

　무성은 간독을 지그시 응시했다.

　간독은 전신을 피로 도배 되다시피 했다. 떨어져 나간 오른팔에서는 핏물이 뚝뚝 떨어졌다.

　'본능처럼 보이지만, 저건 경험이야.'

　간독은 위험한 일을 숱하게 전전하면서 수많은 싸움을 해 왔다. 덕분에 싸움에 있어서는 이골이 잔뜩 나 경험에 있어서는 고수들에 못지않다.

　물론 북명검수가 진짜 손속에 사정을 두지 않았다면 단일격에 목이 날아갔을 테지만, 결과적으로 간독은 팔 하나를 내어줌으로써 목숨을 건졌다.

　그 짧은 사이에 이미 계산이 다 되었다는 것이다.

　'반면에 시험을 통과하지 못하는 자는……'

　무성의 눈이 반대쪽으로 움직였다.

　"컥! 컥……!"

　한유원은 허공에다 손을 뻗었다.

　살아나기 위한 발악이다.

　하지만 하반신이 잘려 나간 상태로는 아등바등 대는 것이 전부다. 마지막 발악마저도 피를 너무 많이 흘려 서서히 힘을 잃어 가고 있었다.

무성은 천천히 한유원에게 다가갔다.

"누, 누구 있는가? 살려 주시게! 제, 제발!"

한유원은 무성의 발걸음 소리를 듣고 허공에다 손을 뻗었다.

하지만 손길은 닿지 않는다. 두 눈은 이미 초점이 잡히질 않아 무성이 아닌 옆 허공을 응시했다.

무성은 자세를 숙여 한유원의 허벅지를 붙잡았다.

"아프더라도 참으십시오."

"으, 응? 으아아아아악!"

한유원은 반문을 하다 말고 고통에 찬 비명을 지르고 말았다.

골반이 옆으로 뒤틀린다 싶더니 근육과 살점이 뭉텅이로 찢어졌다.

무성은 어린 체구에서 나오는 것이 맞나 싶을 정도로 대단한 신력을 자랑하며 잘린 다리 끝을 틀어 혈관을 꼬아 버렸다.

동시에 얼마 남지 않은 기운을 혈에 불어 넣으니 피가 금세 거짓말처럼 그쳤다.

어찌 보면 과격하다 싶을 정도로 끔찍한 방법이다.

한유원 역시 고통을 참지 못하고 머리를 바닥에다 몇 번이고 박아 대다 잠시 기절까지 해 버렸다.

다행히 의식은 금방 돌아왔다.

"대, 대체 내게 무슨 짓을······?"

"피를 너무 많이 흘리셔서 강제로 혈관을 틀어막았습니다. 하반신의 혈도는 아예 폐쇄를 했으니 앞으로 다리는 쓰지 못하실 겁니다."

"그, 그런······!"

"어차피 저들에게 치료다운 치료는 부탁하기가 어렵습니다. 이 방법밖에 없었습니다."

한유원은 여전히 통증이 주는 여운에 몸을 덜덜 떨면서 고개를 끄덕였다.

"고맙네······."

한유원은 그 말을 하고 잠시 아무 말이 없었다.

그러다 서서히 정신이 돌아왔는지 무성을 보았다. 안색은 여전히 창백했지만 두 눈에 초점은 잡혔다.

"자네도 상태가 좋지 않은 것 같은데 미안하군."

무성은 고개를 가로 저었다.

"아닙니다."

"아니야······ 아닌 건 나지."

한유원의 입가에 고소가 걸렸다.

"그런데 정말 왜 도와준 것인가? 내가 살려 달라 애원하긴 했지만 진짜 도움의 손길을 받을 줄은 몰랐다네. 나는 오지랖 넓게 자네를 설득하려고만 했는데."

"그래서 그런 겁니다."

"그게 무슨 소린가?"

한유원이 영문을 몰라 고개를 갸웃거렸다.

"이곳에 있는 사람들 중에 제대로 된 사람은 당신밖에 없더군요. 남들은 어떻게 죽이는 것이 좋은지, 어떻게 쉽게 죽일 수 있는지를 역설하는데 반해 당신만은 제일 정상적인 소리를 했으니까요."

한유원의 눈이 살짝 휘둥그레졌다가 실소를 터뜨렸다.

"자네…… 조금 이상하군."

"그런 소리 많이 들었습니다."

"허허허! 허허!"

한유원은 하늘을 보며 저도 모르게 웃음을 터뜨렸다.

황제에게 낙인 찍힌 이후로 처음 받은 사람대접이다.

학림원을 수학했던 동문 사형제들은 물론, 같은 사형수들 사이에서도 쓰레기로 취급 받던 자신이 한낱 아이에게 이런 도움을 받을 줄은 몰랐다.

그때 협곡에서 바람이 불어오면서 자욱하게 껄렸던 모래바람이 말끔히 사라졌다.

그러자 드러나는 광경.

바닥 여기저기에 피가 뿌려져 있었다.

남소유는 본래 가진 무위가 있어 아무런 해도 없었다. 신기하게도 대웅 역시 전신이 상처로 도배 되었지만, 비교적 크게 다친 곳이 없이 멀쩡했다.

북궁민이 천천히 이쪽으로 걸어왔다.

"한두 놈 정도는 죽을 줄 알았는데 뜻하지 않게 꽤 큰 수확인 걸. 도움의 손길을 받았어도 산 건 산 거니까."

북궁민은 무성과 한유원을 의미심장한 눈길로 보았다.

"그럼 모두 나눠 줘."

북명검수들이 빠르게 움직이더니 다섯 사람 앞에 무공 비급을 하나씩 두었다.

"이, 이건……!"

"으하하하하하! 정말 미쳤어! 미쳤다고! 북궁검가!"

남소유 앞에는 천라검법(天羅劍法)이, 간독에게는 무흔무비(無痕無比)가, 대웅에게는 둔황조공(鈍荒彫功)이 떨어졌다.

강호에 적을 둔 무인이라면 한 번쯤 이름을 들었을 법한 일류 비급들이다.

아니, 그 이상을 넘어선 신공절학이다.

모두 강호의 하늘이자 절대고수들인, 신주삼십육성(神州三十六星)을 대표하는 절학들이니.

대체 북궁검가에서 이런 것을 어떻게 구했는지도 이상하지만, 이런 것을 섣불리 내주는 것도 도저히 믿기지가 않는 일이다.

　무성은 자객지왕, 살존(殺尊)의 비급인 도효십이살(韜曉十二煞)이 적힌 책자를 꽉 쥐며 북궁민을 노려보았다.

　"말했듯이 나는 너희들에게 무공을 가르치지는 않아."

　북궁민이 차갑게 웃었다.

　"단, 사람을 죽이는 방법을 가르칠 것이다."

　무성은 불현듯 좋지 않은 예감이 들었다.

　"누굴 죽일 건데?"

　"무신(武神)."

　냉소가 짙어졌다.

　"강북의 제왕이라 말하면 이해하기 편하려나?"

　"……!"

　"……!"

第三章

도효(韜曉)와 이법(異法)

무신(武神) 백율(白律).

무(武)의 신(神)이라는 광오한 명칭만큼이나 그는 신의 경지에 다다른 것이 아닐까 하는 생각이 들 정도로 대단한 존재다.

서른 살이라는 나이에 갑작스레 세상에 나타난 그는 홀로 소림사(少林寺)에 올라, 최강이라 불리던 백팔나한진(百八羅漢陣)을 격파했다.

이후, 그는 마흔두 살이 될 때까지 십 년 넘게 강호를 주유하며 여러 고수와 명숙들에게 비무장을 던졌고, 삼백예순여덟 번의 싸움에서 삼백예순여덟 번의 승리를 일궈 냈다.

또한, 마흔세 살에는 청해와 감숙에서 급격하게 일어나 강북을 피로 물들인 사교(邪敎), 대라종(大羅宗)을 격파하는 신위를 선보이며 만천하에 영명을 떨쳤다.

결국 무의 화신인 그를 존경하고 따르고자 하는 협사들이 구름처럼 모여들면서 거대한 세력이 형성되었다.

이 세력은 무섭도록 세를 팽창하며 끝내 장강 이북 전체를 차지하기에 이른다.

이것이 바로 오늘날 북련이라 일컫는 무신련(武神聯)의 탄생이다.

하지만 무신이 제아무리 대단하다 한들 한낱 사람에 불과한 그가 황제가 되지 않고서야 그만큼 커다란 단체를 이끌기는 불가능했다.

더군다나 무신은 무공 외에는 전혀 속세의 일에 관심을 기울이지 않는 이.

결국 무신련을 운영하기 위해서 네 개의 가문이 급부상하기에 이른다.

무신련을 크게 사 등분하며 강북을 오시한다는 사대 가문. 무신의 가신(家臣)으로서 충성을 다해 그를 보필한다는 이들이다.

북궁검가는 바로 그런 사대 가문 중 하나였다.

'가신인 북궁검가가 주인인 무신을 치려 한다?'

무성은 저도 모르게 실소를 터뜨렸다.

북궁민이 노리는 곳이 절대 작지는 않으리란 예상은 했었다.

그렇지 않으면 세상에 죽었다 알려진 사형수들을 데려오는 위험을 감수할 이유도 없을 테고, 신주삼십육성의 절학들을 내주지도 않았을 것이다.

그런데 이건 정도가 너무 지나쳤다.

하지만,

'그렇지 않으면 이런 도박을 할 이유도 없을 테지.'

무성의 생각이 굳혀질 무렵, 다른 사형수들은 크게 반발하고 있었다.

"미쳤어! 제아무리 북궁검가가 병부상서와 인척 관계라고는 하지만, 무신은 황궁에서도 함부로 건드리지 못하는 존재요! 그런 이를 어찌해하겠다는 거요!"

"미쳤어! 단단히 미쳤어!"

가장 먼저 반발한 이는 한유원이었다. 그 뒤를 따라 다른 사형수들도 제 목소리를 냈다.

북명검수들은 검병에 손을 서서히 가져갔다. 때에 따라서는 이들을 모두 처치해야만 했다.

바로 그 순간,

"누굴 죽이든 무슨 상관이지?"

갑작스레 울리는 나지막한 목소리.

모두의 눈이 무성에게로 쏠렸다.

무성은 귀화가 타오르는 눈으로 차갑게 말했다.

"어차피 하지 않으면 지금 죽을 텐데?"

"……!"

"……!"

사태 파악이 끝난 사람들의 안색이 싸늘하게 식었다.

무성은 그들 따위는 아랑곳하지 않고 북궁민을 보며 물었다.

"그런데 무신과 주익이 무슨 관련이 있단 거지?"

북궁민은 단 두 마디로 사람들을 눌러버린 무성을 흥미로운 눈길로 바라보면서 답했다.

"초왕은 병신이 되어 버린 아들을 살려 보고자 오랜 지기였던 무신에게 간곡히 부탁해 무신팔법(武神八法)을 내어달라고 했다. 무신은 오랜 숙고 끝에 지기의 부탁을 들어주겠노라 답했지."

무신팔법은 무신이 말년에 창안했다고 알려진 절학이다.

그것이 어떤 내용을 담고 있는지, 위력, 공능, 힘, 어느 것 하나 알려진 바가 없었다.

하지만 단 한 가지만은 확실하다.

─무신팔법은 인세의 것이 아니다!

무신이 내뱉은 광오한 한 마디만큼이나 무신팔법은 무공의 개념을 뛰어넘어 아예 초능(超能)의 반열에 올랐다는 의견이 주를 이뤘다.

그것을 얻을 수 있다면 병신이 된 자도 재기를 할 수 있으리라.

또한, 무신팔법을 얻었다는 뜻은 하나.

"주익이 무신의 제자가 되었다는 뜻인가?"

"그래."

"······!"

"무신의 비호를 받게 되었으니 앞으로 주익을 해하기는 더 어려워지겠군. 무신이 늘그막에 얻은 막내 제자를 치료하기 위해 항시 곁을 떠나지 않는다는 소문이 무성하니까."

무성의 꽉 쥔 주먹이 부르르 떨렸다.

앞으로 뛰어넘어야 할 벽이 너무 커져 버렸다.

그는 머리를 최대한 싸늘하게 식히고서 물었다.

"좋아. 그럼 이제부터 우린 뭘 하면 되지? 신주삼십육성의 절학을 얻었다 한들 주어진 시간이 백 일밖에 없다면 무신의 발끝에도 못 미칠 텐데?"

"후후후!"

북궁민은 걱정 말라는 듯이 한 차례 웃어 보이고는 북명검수들에게 손짓했다.

사형수들의 옆에 북명검수들이 나란히 섰다.

"두 당 네 명씩. 이들은 앞으로 한 달 간 너희들에게 각 절학의 이해를 돕고 더불어 살공을 가르칠 것이다."

무성은 자신에게 배정된 네 명의 북명검수를 보았다.

속을 짐작할 수 없는 무뚝뚝한 표정을 가진 이들이 대부분이다. 인형이 아닐까 싶을 정도로 똑같다.

하지만 그중 한 명은 유독 눈에 띄었다.

'유상?'

북궁민이 가장 각별하게 여겼던 북명검수의 수장이 자신과 같이 갈 줄이야.

무성은 북궁민이 자신에게 거는 기대가 크다는 사실을 깨달으면서도 한편으로는 감시가 매우 심해지겠다는 생각이 들었다.

확실히 그럴 만도 하다.

그에게 배정된 도효십이살은 무신 다음으로 강하다는 삼존(三尊), 그중 하나인 살존의 무학이니.

"그럼 한 달 후에 다시 이 자리에서 보자."

북궁민의 명령과 함께 북명검수들은 사형수를 데리고 각자 흩어졌다.

*　　*　　*

유상이 무성을 안내한 곳은 천옥원의 동쪽이었다.

메마른 절벽만 가득하던 동쪽은 신기하게도 나무가 빼곡하게 늘어선 숲지대가 있었다.

'밀림?'

물에 젖어 땅을 밟는 감촉은 말캉말캉하다. 발이 푹푹 빠져 걸음을 옮기는 것이 불편하다.

나무는 아주 크고 빽빽해서 빛이 잘 투과되지 않았다.

음습한 한기와 습기가 오르는 지형.

서 있는 것만으로도 숨이 턱 하고 막힌다.

유상과 북명검수들은 밀림의 아주 깊숙한 곳에 들어간 후에나 걸음을 멈췄다.

무성도 따라서 멈춰 서서 북명검수들을 보았다.

"소가주께서 말씀하셨듯이 우리는 앞으로 한 달 동안 너에게 살공을 가르칠 것이다. 살공은 모두 다섯 가지의 '법(法)'으로 이뤄졌으며 이 중 우리에게는 세 가지를 배우게 된다."

유상은 싸늘하게 말을 이어나갔다.

"또한 훈련에 있어 관용이란 없다. 따라오지 못하면 버릴 것이며, 죽을 것 같아도 죽도록 내버려 둘 것이다."

"이미 각오한 바야."

"그럼 잘 되었군. 하면 간단히 우리 소개부터 하마. 사호(四號)."

북명검수 중 앙상하게 마른 체구를 가진 자가 앞으로 나섰다. 눈이 퀭하게 가라앉아 어두운 인상을 자랑했다.

"사호는 너에게 '읽는 법'을 가르칠 것이다."

"읽는 법?"

무성이 영문을 몰라 반문을 하자, 유상이 고개를 끄덕였다.

"자객은 일반 무사들과는 다르게 무공을 삶의 목적이 아닌 도구로 여긴다. 그리고 그 도구는 숫자가 아주 다양하지. 사호는 심기(心機)를 읽는데 능통하다. 설명보다는 직접 보는 게 좋겠지."

사호는 음침한 시선으로 무성을 위아래로 살펴보더니 가만히 입을 열었다.

"오른손 검지를 까닥거리는 버릇이 있군. 무기가 없어 자신을 보호할 수단이 없으니 불안하다는 뜻이다. 눈빛에 독기가 서린 것이 원한이 생기면 물불을 가리지 않는 성미이고, 각력에 힘이 있는 것을 보니 평소 무공 수련에 상체보다는 하체를 부단히 단련시켰나 보지? 그것도 각법(脚法)보다는 경공(輕功)을 중심으로."

"……!"

무성의 눈이 살짝 커졌다.

북궁민도 따로 자신을 조사한 후에야 성격을 파악했는데, 이자는 단순히 보는 것만으로도 자신을 파악했다.

이런 게 어떻게 가능한 걸까?

"자객이 되기 위해서는 사람을 정확하게 읽을 줄 아는 눈을 지녀야 한다. 하지만 강호에서는 하수일수록 자신을 드러내려 하고, 고수일수록 자신을 숨기지. 뛰어난 고수는 범부와 구별이 불가능하다. 하지만 너는 사호를 통해 그것을 배울 것이다. 심기, 속내, 버릇, 심리 상태, 무위, 과거사까지 꿰뚫어 보는 법을."

유상의 말에 무성은 무겁게 고개를 끄덕였다.

"그럼 다음은 칠호(七號)."

북명검수들 중 가장 위세가 뛰어난 자가 나섰다.

무복 아래로 드러나는 체격과 근육이 부단한 수련을 했음을 말해 주었다.

"칠호는 '싸우는 법'을 가르친다. 검술, 도술, 갖가지 병기술은 물론 체술과 암기술, 용독술도 가르칠 것이니 제대로 습득하도록."

무성과 칠호가 잠시간 눈이 마주쳤다.

칠호는 자신만만하게 웃었다.

'자신감이 강한 자야.'

사호가 깊게 가라앉는 늪이라면 칠호에 대한 첫 인상은 탄탄한 벽이었다.

"다음은 삼십이호(三十二號). 이는 '움직이는 법'을 가르친다. 지형과 지물을 이용해 숨고, 이용하고, 달리는 법을 가르칠 예정이다."

삼십이호는 깐깐한 인상이었다.

'자객으로서 가장 중요하다 할 수 있는 운신법이야. 제아무리 강한 고수라 해도 지형을 읽고 이용하는 자는 당해 낼 수 없어.'

무성의 생각이 깊어졌다.

'지형을 파악하고, 심기를 읽고, 강해진 무공으로 적을 사냥한다…… 이들은 무사가 아닌 자객을 키워 내려는 거야. 이래서 죽이는 방법을 가르친다고 한 거였나?'

유상이 다시 입을 열었다.

"너는 앞으로 이들에게 기본기를 배울 거다."

간단한 소개와 함께 사호와 칠호가 남았다.

왜소한 체구의 사호와 덩치가 큰 칠호.

비견되는 외관상만큼이나 두 사람은 성정도 달라 보였다. 사호는 음침하지만 칠호는 날카로웠다.

'읽는 법과 싸우는 법. 심(心)과 신(身). 마음과 육체를 동시에 손대겠다는 건가?'

사호가 가장 먼저 입을 열었다.

"읽는 법은 눈에서 모든 것이 비롯된다. 상대를 빠른 속도로 훑어보고 거기서 주어지는 정보로 파악하고 판단한다."

무성은 고개를 끄덕였다.

확실히 상대를 파악하려면 안력에 집중을 해야 한다. 아주 사소한 버릇이나 행동도 그 사람의 정보를 준다.

"하지만 눈이 집어내지 못하는 것도 있다. 사람이 풍기는 체향, 걸음걸이에서 나는 소리, 말투, 행동거지. 하지만 때에 따라서는 아무것도 읽지 못할 때도 더러 있다."

사호가 음침하게 웃으며 물었다.

"그럼 여기서 묻지. 결국 상대를 평가할 때 가장 의존해야 할 감각이 무엇일까? 눈? 코? 입?"

과연 너 같은 멍청한 놈이 맞출 수 있겠냐는 무시 어린 투가 풍긴다.

'나를 자극하려는 거야.'

무성은 그것이 사호의 도발이라는 것을 알았다.

이건 진심이 아니다. 무성에 대한 시험이다.

이런 사소한 행동거지에서도 이목을 흐릴 수 있다는 것을 은연중에 말해 주는 것이다.

"답은 아주 간단해."

무성은 일말의 고민도 없이 답했다.

"느낌."

사호의 눈이 살짝 반짝였다.

"난 분명히 감각을 물었는데?"

"오감(五感)만이 감각의 전부는 아니잖아. 육감(六感), 흔히 영감이나 기감이라 말하는 느낌도 있지 않나? 고수는 경지가 깊어질수록 도리어 평범해지니 결국 육감에 의존할 수밖에 없지."

사호가 피식 바람 빠지는 소리를 냈다.

"제법 똑똑하군. 내가 가르칠 것이 별로 없겠어."

입꼬리가 말려 올라간다.

이번에는 가식이 아니다. 진심이다.

무성은 사호의 호감을 샀다.

사호는 주로 이론을 강론했다.

사람이 사소하게 여기는 행동, 버릇, 말투 등이 가지는 심리적인 요인과 이것을 빠르게 포착해 낼 수 있는 방식을 가르쳐 주었다.

무공 수련에 집중하고 싶은 무성으로서는 답답한 강론이 었지만, 의외로 무성과는 잘 맞았다.

애초 무성은 고수들의 포위망을 뚫고 동정오우를 해했을 정도로 영특하다. 덕분에 적의 의도를 읽고 그것을 유리하게 읽을 줄 아는 안목은 타고 났던 것이다.

무성은 해가 한참이나 진 후에야 고대하던 칠호의 수업을 받을 수 있었다.

"빌어먹을 놈. 벌써 시간을 이만큼이나 끌어 버리다니."

칠호는 사호에 대해 욕지거리를 내뱉더니 검집에서 천천히 검을 뽑아 들었다.

시린 달빛에 검날이 차갑게 반짝거렸다.

"나는 사호와 다르게 불친절해서 자세하게 풀어서 설명을 할 줄 모른다. 몇 번 보여주는 것이 고작이니 알아서 익혀라."

무성은 칠호가 무공을 가르쳐 주려 한다는 사실에 재빨리 곤호심법을 외웠다.

여전히 제대로 된 해석이 이뤄지지 못한 곤호심법의 명안결을 깨웠다. 눈에 공력이 스며들면서 안력이 돋워져 칠호의 모습을 생생하게 담았다.

'곤호심법을 열 실마리가 될 수 있을지도 모르니 똑똑히 기억해 둬야 해.'

칠호 역시 무성이 곤호심법을 외고 있다는 사실을 눈치 채고 흥미 어린 표정을 짓더니 시연을 시작했다.

스스스!

발이 유려하게 움직인다. 달빛으로 만든 융단 위를 미끄러지는 것만 같다.

그 순간, 칠호의 몸에서 스산한 기운이 감돌았다.

"매영보(魅影步)와 육전검(六轉劍)이다."

'귀기(鬼氣)?'

무성의 눈이 살짝 커졌다.

분명 방금 전까지 고수로서의 풍모를 가감 없이 드러내 던 이가 아닌가.

그런데 지금은 성향이 완전히 반대가 되었다.

스산한 기운이 밀림 내 음습한 습기와 섞이면서 독특한 특징을 자아냈다.

슥!

칠호가 가볍게 땅을 딛자 마치 유령처럼 아주 가볍게 허공으로 떠올랐다. 허공으로 녹아든 그는 몸을 뒤틀면서 검을 세차게 뿌렸다.

부웅! 부웅! 부웅!

검이 귀기를 풍기며 세 번의 반전을 이룬다.

팽이처럼 회전하는 칼날에 풍압이 모여들고 귀기가 그 위를 덧씌우며 위력을 증대시켰다.

슥! 슥! 슥!

몇 발자국 밟지도 않았는데도 불구하고 칠호는 단숨에 나무 사이사이를 아주 부드럽게 미끄러졌다. 발이 땅에 닿는 것이 맞나 의심이 들 정도였다.

그러면서 다시 한 번 검이 세 번의 반전을 이뤘다.

칼날은 나무의 결을 정확하게 가격했다.

그 횟수가 총 세 번.

하지만 신기하게도 칼날은 나무를 정확하게 베고 지나갔는데도 불구하고 허상처럼 통과했다. 나무도 아무런 충격도 받지 않고 멀쩡했다.

타닥!

칠호는 어느덧 무성의 앞에 도착했다.

'분명 눈으로 좇았는데…… 잡을 수가 없었어.'

무성의 눈썹이 살짝 파르르 떨렸다.

명안결로 칠호의 발걸음을 좇았다. 분명 귀기를 흘리긴 했어도 칠호가 남긴 허상도 읽었다.

그런데 바로 눈앞에 도착할 때까지 잡을 수가 없었다.

알고도 당한다.

정말 말 그대로 귀신 놀음이다.

철컥!

칠호는 검을 도로 검집 안으로 밀어 넣었다.

그러자 주변에 한가득 풍기던 귀기가 거짓말처럼 사그라지고 대신에 본래 가졌던 압도적인 힘이 풍겼다.

동시에,

우지끈! 우르르!

갑자기 칠호 뒤편으로 나무 세 그루가 옆으로 쓰러지기 시작했다. 잘려진 단면은 대패로 민 것처럼 너무나 말끔했다.

"어떠냐?"

칠호가 콧대를 오만하게 치켜들었다.

자신이 선보인 무위에 스스로 만족해하는 모습이다.

무성은 최대한 겉으로 내색하지 않으려 했으나, 눈썹이 살짝 흔들리는 것까지 막을 수는 없었다.

'서로 상반된 기운을 자유자재로 다룬다고? 어떻게?'

본래 자연에 흩어진 기운은 잘 뭉치고 흩어지는 성질을 가지고 있다. 하지만 기운이 한 번 가공되어 속성을 띠게 되면 배타적인 성향을 가진다.

동일한 속성만을 찾으며 이질적인 속성은 거부한다.

그래서 흔히 내가고수들은 두 개 이상의 심법을 익히지 못한다.

다른 특징을 자랑하는 기운이 서로 충돌을 하면서 도리어 몸에 해만 부르기 때문이다. 때에 따라서는 주화입마를 부를 위험도 크다.

북궁검가는 정파다. 심법도 정대공명하다.

하지만 방금 전 칠호가 뿌렸던 기운은 사공(邪功)이다. 사람의 본능을 자극하며 본래 가져서는 안 될 기운을 뿌린다.

북명검수가 가질 수 있는 기운이 아니란 뜻이다.

"궁금하겠지? 어째서 다른 이질적인 기운을 동시에 다룰 수가 있는지?"

"무슨 방법이라도 있나?"

"있지. 그리고 그건 너도 갖고 있다."

"……?"

"곤호심법."

"……!"

무성의 눈이 커졌다.

"곤호심법은 네가 생각했던 것보다 훨씬 그릇이 크다. 상반된다 알려진 사공, 마공, 신공, 모든 것을 막론하고 받아들인다. 대신에 자신의 특징은 깊게 침잠하며 각 기운이 더 크게 발동할 수 있도록 보조한다. 본가는 이를 두고 보력결(補力訣)이라 하지."

칠호는 웃으며 말을 이어나갔다.

"소가주로부터 이미 곤호심법을 익혔다지? 보니 명안결은 어떻게든 얻은 것 같지만, 보력결은 그렇지 못한 것 같으니 이 역시 내가 도와줄 것이다."

휘리릭!

칠호는 말을 끝내다 말고 갑자기 검을 하늘로 던졌다.

검은 데구루루 회전을 하더니 무성의 발치에 툭 떨어졌다.

무성은 자신을 노릴 수 있었는데도 불구하고 눈 하나 깜빡하지 않았다. 담력은 여전히 대단했다.

"그럼 시작해 볼까?"

곤호심법, 매영보, 육전검은 마치 물 흐르듯이 하나로 이어지며 다음 무공의 위력을 강화시킨다.

덕분에 무성은 다른 무공을 한꺼번에 익혀야 했다.

그 후에 내린 결론은 하나였다.

'이 세 무공…… 북궁검가의 것이 아니야.'

무성은 곤호심법이 북궁검가의 내공심법이라 생각했다. 북궁민과 북명검수들이 익히고 있기 때문이었다.

하지만 지금은 생각이 완전히 바뀌었다.

'그들 역시 보력결로 기존 무공을 강화시키기만 했을 뿐 주력으로 다루는 것은 아니다. 애초 이들은 하나로 연결되는 같은 태생이면서도 어디에나 쉽게 섞일 수 있는 물과 같아. 북궁검가 같이 검공의 특색이 강한 곳에서 이런 무공이 나올 수가 없어.'

한편으로는 의문도 들었다.

'하지만 세 무공 모두 단순한 기본공이 아닌 절학들이야. 그런데 세상에는 알려진 바가 전혀 없어.'

처음에는 살존의 도효십이살을 주었던 것처럼 어떤 고수의 무공을 빼앗은 것인가 의구심을 가졌지만, 이런 무공을 쓰는 고수가 있다는 말은 전혀 듣지 못했다.

물론 강호는 넓고 무성이 가진 식견은 짧다.

그가 모르는 고수의 절학일 가능성도 있지만, 무성은 그 가능성을 가볍게 무시했다.

'확실해. 이건 단 한 번도 세상에 공개되지 않은 것들이야. 아니면 아주 오래전에 사장되었던 것이거나. 확실한 것은 현 강호에 이 세 무공을 가진 자는 없다는 것.'

아마 어쩌면 북궁민이나 북명검수들도 세 무공의 수련을 제대로 하지 않았을 수도 있다. 그들은 각자가 기존에 익힌 무공들이 있으니.

하지만 무성은 다르다.

그에게는 이것이 주무공이다.

때에 따라서는 자신만의 독문절학이 될 수도 있다.

무성의 눈이 깊게 가라앉았다. 귀화가 뜨거워졌다.

'어쩌면 북궁민을 칠 힘이 될 수도.'

칠호의 강론이 밤새 이어지자, 삼십이호의 수업은 이튿날 새벽에나 시작되었다.

"앞선 두 놈과 다르게 내가 가르쳐줄 것은 크게 없다. 그저 네가 얼마나 부단히 노력하고 연습하느냐에 따라 달라질 뿐."

사호에게서 배우는 '읽는 법'은 비단 사람에게만 통용되는 것이 아니다.

주변 환경에도 얼마든지 응용이 가능하다.

지형지물의 특성을 빨리 파악하고 거기에 맞는 대응법을 판단 내리는 것이다.

칠호의 '싸우는 법'도 다르지는 않다.

매영보라는 귀신 놀음의 신법을 배웠다.

여기에는 은신(隱身)과 잠행(潛行)의 묘리도 담겨져 있다.

필요할 때에는 검을 들고 육전검을 발휘하면 된다.

추후 암기술, 용독술, 체술도 가르친다 했으니 다른 걱정도 없다.

결국 삼십이호가 가르치는 '움직이는 법'은 '읽는 법'과 '싸우는 법'을 합친 실용법이다.

"대신 나는 네가 집어내지 못하는 점을 잡아줄 것이다. 궁금한 것이 있으면 바로바로 묻도록."

무성은 무겁게 고개를 끄덕였다.

팟!

그는 곤호심법으로 쌓은 내공을 용천혈로 한껏 끌어내리며 전력을 다해 매영보를 펼쳤다.

신형이 허공으로 치솟았다.

본격적인 수련이 시작되었다.

*   *   *

시간은 쏜살같이 빠르게 흘렀다.

그동안 무성은 세 무공으로 기본기를 탄탄하게 잡았다.

더불어 자객이 비상시에 대비해 항상 익히는 살공 기예를 습득하면서, 성장 속도는 스스로도 걷잡을 수 없을 정도로 빨라졌다.

특히나 곤호심법은 이미 그 자체로 신공의 반열을 뛰어넘어선 '어떤 것'이었다.

그런데 무성이 가진 것은 이것만이 아니었다.

도효십이살.

살존의 무공이 있었다.

'세 무공에 기본 무공과 살공 기예가 더해진 것만으로도 비약적인 성장을 이뤘어. 그러니 분명 지금과는 비교도 할 수 없는 성공을 할 수 있을 거야.'

무엇보다 도효십이살은 북궁민이 직접 내려준 무공.

이는 다른 어떤 무공보다도 무성에게 가장 상성이 잘 맞는다 평가를 내렸다는 뜻이다.

몸에 잘 맞는 옷이 편할 것은 자명한 일.

다만 한편으로는 걱정도 든다.

'과연 누구의 도움 없이 자객지왕의 무공을 익히는 것이 가능할까?'

세 무공은 칠호의 도움이 없었다면 입문은커녕 제대로 이해도 못 했을 정도로 난해했다. 도효십이살 역시 그럴 공산이 크다.

하지만 이 이상 물러설 곳은 없었다.

'일단 익히자.'

무성은 하루가 마감되는 새벽 자시(子時) 경에 가부좌를 틀며 항상 도효십이살을 엿보기 시작했다.

강호의 하늘에는 모두 서른여섯 개의 별이 있다.

하지만 각 별에도 등급이 있기 마련이다.

가장 높은 별은 무신이며 그 아래에는 세 개의 별이 존재한다.

삼존(三尊).

각 분야에서 지존의 자리에 오른 이들.

무신에 대항하기 위해 촉하(蜀夏)에서 일어난 독존(毒尊)과 오월(吳越)의 군주로 군림하는 검존(劍尊), 그리고 강호의 음지를 지배하는 살존.

살존은 누누이 '제아무리 무신이라 하여도 내 영역에 들어온 순간 죽는다'는 광오한 말을 내뱉곤 한다.

그만큼 음지에 있어서는 그를 당적해 낼 자가 없다. 무신이나 다른 삼존들도 살존의 영역에는 절대 함부로 발을 딛지 않았다.

살존이 자랑하는 절학은 두 개.

월광(月光)과 도효(韜曉).

이중 월광은 세상에서 존재를 완벽히 지운다는 은신술이며 도효는 천하에서 죽이지 못하는 것이 없다는 검법이다.

대대로 음지에서 전설로만 내려져 온 무공이며, 살존의 모든 정화가 녹아든 것이니 단순히 보는 것만으로도 머리가 아플 터.

살존은 자신이 이끄는 조직, 만야월(滿夜月)에 두 무공을 내려주었지만 아무도 해석을 하지 못해 불쏘시개가 되었다는 소문은 이미 저잣거리에 파다하다.

물론 그렇다고 해서 월광과 도효가 함부로 저잣거리에 나돈다는 것은 아니었다.

도리어 비슷한 무공을 쓰거나, 두 무공을 무시하는 발언을 하는 자가 있으면 살존이 직접 찾아가 목을 딸 정도로 자신의 무학에 대해 엄청난 애착을 갖고 있었다.

그런 여러 소문을 가진 도효가 무성의 뇌리에 차례대로 그려지고 있었다.

무성은 과연 제대로 된 습득이 가능할까 걱정했다.

그런데,

'뭐지? 왜 이렇게 쉽게 이해가 되는 거야?'

무성은 구결을 외면 욀수록 이상한 기분에 젖었다.

분명 처음 비급을 얻었을 때만 해도 공자 왈 맹자 왈처럼 뜬구름만 잡혔다.

그래서 익힐 엄두도 내지 못하고 기억만 했던 것인데.

막상 그것을 되짚으려니 정반대다.

'혹시 내가 가짜를 받은 걸까?'

무성은 이상한 노파심이 들어 손을 높이 들었다.

손날을 바짝 세워 수도(手刀)를 만든다.

검은 부서지고 없으니 이 대신 잇몸으로 이렇게 대체를 해 볼 생각이었다.

'먼저 효성서광(曉星曙光)부터.'

도효십이살은 이름대로 열두 개의 초식으로 이뤄진다.

각 초식은 서로 저마다 다른 특징을 내포한다.

그중 효성서광은 검풍을 이용하는 원거리용 초식이다.

아직 검풍의 묘리를 제대로 깨닫지 못한 무성이 익히기엔 무리가 있었다.

그래도 시험을 해 볼 요량으로 곤호진기(鯤呼眞氣)를 단전에서 뽑아 초식에 맞게 기운을 돌리기 시작했다.

'곤호진기는 어디에나 잘 녹아든다. 도효십이살은 만월야의 신청유공(晨聽幽功)이 아니면 안 된다지만, 곤호진기는 다른 방식으로 풀어낼 수 있을 거야.'

곤호심법은 여타 심법에 비해 호흡이 아주 길다.

늘어난 폐활량은 그만큼 많은 양의 기를 내포하고 그것을 사지에 고루 뿌린다. 몸에는 힘이 가득 실리며 내공은 더욱 탄탄해진다.

거기다 곤호진기의 순도는 너무나 맑다.

양과 질을 모두 잡을 수 있었기에 무성은 괄목할 만한 성장을 이룰 수 있었다.

곤호진기가 도도하게 흐르기 시작한다.

단전에서 시작된 기운이 기맥에 닿는 것은 마치 곤륜산의 일개 실개천에서 발원한 물줄기가 장강에 닿는 것과 같았다.

그런데 실개천이 장강에 닿는 순간, 갑자기 엄청난 폭풍우가 불기 시작했다.

"흡!"

무성은 저도 모르게 숨을 크게 들이켜고 말았다.

'내공이 제어가 안 돼!'

격랑이 몰아치기 시작한다.

파도와 파도, 격류와 격류가 부딪치면서 내공이 폭주를 하기 시작했다. 제어를 벗어나 제멋대로 다른 길로 빠지려 한다.

거센 노도와 해일은 방벽을 허물며 기맥을 때렸다.

입마(入魔)의 시작이었다.

第四章

칼이 되다

'대체 어떻게 된 거야?'

무성은 정신이 아찔해지는 격통 속에서 하마터면 정신을 잃을 뻔한 것을 가까스로 참았다.

여기서 이성을 놓치게 되면 몸이 폭주한다.

그때는 정말 돌이킬 수가 없다.

여태 단 한 번도 말썽을 일으키지 않았던 곤호심법이다. 언제나 온순하기만 하던 이 기운이 이렇게 끔찍한 힘을 자랑하는지는 처음 알았다.

'도효…… 도효십이살이 곤호진기를 자극했어. 대체 무엇이? 중간에 뭔가가 과정이 잘못 되었나? 아니면 해석에

실수를 한 게 있었나?'

기맥과 혈관이 금방이라도 찢어질 듯이 요동친다.

피부와 근육이 빵빵하게 부풀어 올라 금방이라도 터질 것 같다.

마치 불이라도 삼킨 것처럼 체내가 엄청난 열기로 지글지글 타오른다.

'어찌 됐든 이걸 토해 내야 해! 발산! 쏟아 내야만……!'

내공의 폭주가 만들어 내는 열기를 토해 내기 위해 뇌리를 쥐어짰다. 금방이라도 꺼질 것 같은 의식을 겨우 부여잡고, 곤호진기에 제어를 가했다.

조금씩, 아주 조금씩이지만 기운이 제어를 따라 흐르기 시작한다.

기맥이라는 길을 따라서.

곤(鯤)이라는 거대한 물고기가 드넓은 바다로 나가기 위해 꿈틀거린다.

투둑! 투둑!

여전히 막대한 힘 앞에 기맥과 혈관 일부가 뜯겼다.

근육이 찢어지는 고통 속에서 다른 무언가가 하나둘씩 뚫렸다.

펑, 펑, 펑…….

그것은 아주 오랜 세월 노폐물과 탁기가 축적되며 공간

이 아주 협소했던 혈도가 개통되는 소리였다. 마치 폭죽이 터지듯이 혈도가 연속적으로 터져 나갔다.

그뿐만이 아니었다.

기맥이 조금씩 찢어지면서 역시나 곳곳에 벽처럼 쌓였던 탁기도 같이 휩쓸렸다.

마치 우툴두툴한 길을 평평하게 고르듯이 기운은 엄청난 힘과 속도를 바탕으로 체내 기관 조직을 모두 깨끗하게 해 주었다.

평소라면 아주 기뻐할 일이다.

하지만 무성은 곤호진기를 다루는 데만 해도 정신이 팔려 체내에 어떤 변화가 있는지 깨닫지도 못했다.

그도 그럴 것이 곤호진기가 뿜는 힘은 너무나 어마어마해 단순한 뇌력만으로는 불가능했다.

근육, 혈관, 기맥, 관절, 혈도, 신경계, 장기.

체내에 있는 모든 세포와 기관을 억지로 비튼다. 아니, 비틀다 못해 아예 쥐어 짜낸다.

그렇게 안간힘을 쓰며 생긴 격통 또한 곤호진기가 주는 고통에 못지않다.

몸을 갈기갈기 찢어 버리는 것 같다. 뼈마디를 잘게 부수는 것 같다.

수십, 수백 번도 죽을 것 같은 고통 뒤에 생긴 엄청난 양의 힘은 곤호진기를 압박하고 빨리 밖으로 나가라며 재촉을 한다.

절벽의 끝에 아슬아슬하게 선 기분 속.

영겁(永劫)처럼 너무나 길게 느껴졌지만, 사실상 곤호진기가 손끝에 맺힐 때까지 걸린 시간은 찰나(刹那)에 불과했다.

그리고 발출되는 순간,

퍼—어—엉!

갑자기 머리 한쪽이 터진 것 같은 엄청난 굉음이 울렸다. 물론 무성의 머릿속에서만 울린 소리였다.

파파파파!

무성은 자신을 영원히 괴롭힐 것 같던 기운을 해방시킨 후, 반발력을 버텨 내지 못하고 한참이나 밀려났다.

벽에 거세게 부딪친 뒤에도 한참 동안 움직이지 못했다.

"으으으으……!"

이상한 짜릿함이 전신을 엄습한다.

몸을 억지로 구속하고 압박하던 것을 한 번에 털어 내어 생긴 해방감과 상쾌함, 그리고 무언가를 이뤘다는 성취감이 교차한다.

보다 정신적이고 근원적이다.

정신이, 육체가, 모든 것이 그 쾌감에 전율한다.

구름 위를 둥둥 떠다니는 것 같이 들뜨고, 시원한 바닷물에 몸을 담은 것처럼 시원하며, 여인을 안는 것처럼 격정적이고, 어머니의 품에 안긴 것처럼 포근하다.

무성은 영원히 놓치고 싶지 않을 기분에 한껏 도취되어 있다가, 한참 후에나 눈을 떴다.

"이건…… 대체 뭐지?"

무성은 자신의 손을 내려다보았다.

아직도 격통과 쾌감을 잊지 못하고 몸이 조금씩 떨리고 있다.

하지만 상쾌함이 주는 여운은 '무언가가 달라졌다'고 강하게 말해 주고 있었다.

그러나 정확히 뭐가 달라졌는지는 알 수 없다.

무성은 살짝 눈살을 좁히다 급히 든 생각에 재빨리 굴 밖으로 빠져나왔다.

무성이 격통 끝에 발출했던 효성서광. 그 결과가 중요했다.

검풍이 날아들었을 거라 생각한 굴 입구 맞은편에 놓인 거목은 말짱했다. 다른 나무들에 비해 훨씬 굵고, 키는 끝도 보이지 않을 만큼 높다.

여전히 위풍당당한 기세에는 티끌만 한 상처 하나 나지 않았다.

"초식은 실패했구나."

무성은 쓰게 웃고 말았다.

그런 엄청난 일을 겪었으니 무언가 큰 결과를 냈을 거라 생각했건만.

그저 단순한 방사(放射)에 불과했던 모양이다.

한숨을 쉬며 돌아서려는 찰나.

파스스…….

갑자기 무언가가 뿌려지는 것 같은 기분에 다시 거목을 돌아보았다.

불어오는 바람에 거목이 부서지고 있었다.

한 톨, 한 톨, 모래알처럼 아주 고운 가루가 흩어진다.

파도에 휩쓸린 모래성처럼 허물어지는 거목.

마치 그 자리에는 아무것도 없었던 듯이 조용하다.

무성은 거목이 사라질 때까지 잔뜩 굳어 움직이지도 못했다.

효성서광, 아니, 도효십이살에 이런 위력이 있다는 말은 듣지 못했다. 이만한 위력이 있었다면 살존은 음지가 아닌 양지에서도 이름을 떨쳤을 거다.

그렇다면 이 원인은 단 하나.

"곤호심법…… 이건 대체……?"

"진무성도 변이(變異)를 시작했습니다."

유상의 보고에 북궁민은 살짝 눈살을 찌푸렸다.

"많이 늦었군."

"짧게는 사흘에서 길어도 보름 만에 변이를 성공한 다른 귀병(鬼兵)들에 비하자면 너무나 늦은 변화입니다."

"흐음."

이법(異法).

북련에서 발굴하고 복원하여 북궁민이 비밀리에 빼돌린 무공이다.

아니, 과연 이것을 무공이라 할 수 있을까?

시전자의 육체와 심성을 완전히 뒤바꿔 버리고 나아가 새로운 세계로 인도하는 힘을.

현 강호에서 통용되는 무공과는 전혀 궤를 달리하기에 '전혀 다른 법칙'이라는 뜻에서 '이법'이란 이름을 붙였다.

물론 이것은 북궁검가 내에서의 은어일 뿐, 정식 명칭은 따로 있었다.

곤호심법, 매영보, 육전검은 이법에 입문하기 위한 기본공이다.

특히 곤호심법은 이법을 관통하는 요체이기도 하다.

따라서 북궁검가에서 해석에 있어 가장 큰 관심을 기울였고, 귀병들에게 가르칠 때에도 심혈을 기울였다.

그리고 이에 따른 귀병들의 변화를 추이했다.

변이는 삼 단계로 이뤄지는 변화 중 첫 번째 단계다.

북궁민은 살짝 미간을 좁혔다. 표정이 딱딱했다.

"가장 빨리 성공한 건 누구였지?"

"남소유입니다. 본래 가진 바 경지가 있어서 그런지 곤호심법에 대한 이해도가 아주 뛰어났습니다."

"늦은 자는?"

"간독입니다. 워낙에 의심이 많고 음흉한 자라 이법을 제대로 받아들이지 못하는 듯합니다."

북궁민은 잠시간 아무런 말도 하지 않았다.

자신이 가장 기대했던 무성의 너무나 늦은 성취가 마음에 들지 않은 것이다. 그는 자신의 안목이 틀렸다는 사실을 인정하기 싫었다.

"그래도 시작되었으니 계속 지켜보도록."

"존명."

북궁민은 말없이 자리를 벗어났다. 풀리지 않는 근심을 술과 여인으로 달래려는 모양이었다.

그가 천옥원을 나설 때까지 유상은 직립부동으로 가만히

예를 갖췄다.

　무표정한 유상의 속내는 도무지 짐작하기 힘들었다.

*　　　*　　　*

　우선 무성은 자신에게 일어난 변화가 무엇인지를 파악하려 했다.

　'내 몸이 어떻게 되었는지를 확인하지 않으면 수련이 불가능해.'

　몸이 변했다는 것쯤은 바보가 아닌 이상 쉽게 느낄 수 있었다.

　먼저 몸이 가벼웠다.

　몸이 최적의 상태가 되어도 이렇게 될까, 정말 몸에 무게가 있는 것일까 하는 생각이 들 정도로 가벼웠다.

　쉭! 쉭!

　내공을 쓰지 않고 가볍게 땅을 박찬다.

　도움닫기 없이 몸을 던지듯이 멀리뛰기를 했다.

　그런데 오 장이나 되는 널찍한 너비를 단숨에 통과하는 것이 아닌가.

　"흡!"

　무성은 토굴의 벽에 부딪칠 것 같자 재빨리 몸을 틀어 벽면을 발로 걷어찼다. 허공에서 제비돌기를 하며 가까스로 착지했다.

"가벼워졌을 뿐만 아니라 날래지기까지 했어."

전에는 이런 곡예에 가까운 행동은 내공을 사용해야만 가까스로 성공했었다. 그런데 이제는 내공의 도움 없이도 너무나 자연스럽게 이뤄진다.

'생각'이 미치면 '행동'으로 즉각 구현된다.

더군다나 무성이 발로 찬 벽에는 족흔이 깊게 남아 있었다.

너무나 말끔하게 파인 홈.

무성은 그것을 가만히 보다가 더 실험을 해 봐야겠다는 생각에 바닥에 구르고 있던 돌멩이를 하나 쥐었다.

우둑!

가볍게 힘을 주자 돌멩이가 세 동강 났다.

이것만으로는 확실하지 않다.

그는 즉각 토굴 밖에 있는 바위 앞에 서서 기수식을 취하고 가볍게 호흡을 골랐다.

"후우우……."

호흡과 동작을 일치시키고 정권을 내지른다. 물론 힘만 실었을 뿐 내공은 담기지 않았다.

펑!

주먹이 바위에 틀어박힌다.

무성은 생각보다 너무 세게 쳤단 생각에 살짝 인상을 찡그렸다. 손가락뼈에 금이라도 간 것 같았다.

하지만 통증은 금세 잊혀졌다.

정권이 작렬한 자리, 바위에 큼지막한 구멍이 뚫렸다.

구멍은 정면에서부터 반대편까지 길게 이어졌다. 안쪽으로 바람이 솔솔 불었다.

"대체 무슨 일이 있었던 거지?"

무성은 가만히 자신의 손을 내려다보았다.

힘, 체력, 민첩성. 모두 달라졌다.

아직 제대로 파악되지는 않았지만 이성도 더없이 맑았다. 두개골이 열린 것처럼 뇌리가 쾌적하다. 기억력이나 직관력 따위의 총명함도 는 것 같다.

그뿐만이 아니다.

감각.

눈은 더 멀리 있는 것을 정확하고 선명하게 보고 있으며, 귀는 물방울이 떨어지는 아주 미세한 소리도 잡아내고, 손은 바람의 온도를 느낄 정도로 섬세하다.

코는 악취 속에서 향긋한 꽃향기를 감별하며, 혀는 세상에 무수히 떠다니는 기운의 달콤함을 맛본다.

오감의 영역이 대폭 확장되면서 머릿속으로는 너무나 방

대한 양의 정보가 홍수처럼 쏟아졌다.

여기에 현기증을 느낄 법도 하지만, 확장된 사고의 영역은 무분별한 정보 속에서 필요한 것을 재빠르게 선별해 자각할 수 있도록 유도했다.

그리고 이 정보들은 하나둘씩 조립되며 보다 큰 그림을 그렸다.

육감. 혹은 영감(靈感)의 영역이었다.

이쯤 되면 정신이 아찔할 정도다.

곤호심법을 갓 익히기 시작했을 때에도 나날이 달라지는 육체의 변화에 놀랐는데, 이건 그 정도를 훨씬 넘어서지 않은가.

아예 새로운 육체 하나를 선물 받은 느낌이다.

"아직 마지막 실험이 남았어."

무성은 인상을 굳히고 자세를 바짝 낮췄다.

코로 숨을 살짝 들이킨다.

아주 짧게.

하지만 폐로 들어오는 양은 상상을 불허했다. 폐활량이 이전보다 세 배는 커진 것 같다.

그 엄청난 힘이 오장육부에 스며들어 기맥과 혈관을 자극하고 근육을 하나둘씩 깨웠다. 뼈가 어서 움직이라며 아우성치고 단전이 용암지대처럼 들끓는다.

타닥, 타닥, 몸 여기저기서 불꽃이 튄다.

물론 진짜 불이 튀는 것은 아니다.

불꽃은 자극이 되고, 자극은 감각이 되며, 감각은 생각이 되어 끝내 현실로 구현된다.

쾅!

무성이 땅을 박차자 몸이 튕기듯이 허공으로 솟았다.

얼마나 빠르던지 제어가 되질 않았다.

솟구친 높이만 물경 삼 장.

무성은 나무에 부딪칠 것 같자 다급히 허공에서 몸을 비틀었다. 공력은 아직 제어가 제대로 되지 않았지만, 다행히 육체는 정신이 지시하는 대로 잘 따랐다.

타닥!

그는 제비돌기를 하며 거목의 나뭇가지를 밟았다.

가지를 도약판 삼아 재차 뛰어오른다.

쉭! 쉭! 쉭!

무성은 너무나 빠르게 나무 틈 사이사이를 날아다녔다.

새벽 밤바람이 너무나 시원했다.

"하하! 하하하하하!"

무성은 너무나 오랜만에 상쾌한 기분을 만끽했다.

*　　　*　　　*

한 달이 지났다.

기본 수련이 끝난 후, 재집결 명령이 떨어졌다.

공터에 사람들이 모여들기 시작했다.

'많이들 달라졌어.'

무성은 주변을 둘러보며 눈을 가느다랗게 좁혔다.

이전에는 언제 칼이 떨어질지 모르는 긴장감으로 가득했다.

하지만 지금은 도리어 그들 스스로가 칼이 되어 시푸른 날을 번뜩이고 있었다.

사람들은 대화도 나누지 않고 저마다 거리를 한참이나 띄우고서 상대를 가늠하고 있었다.

지난 한 달 동안 스스로가 많이 달라졌으니 다른 사람들도 또 얼마나 강해졌는지를 판별하기 위해서였다.

읽는 법.

상대의 심기를 파악하는 능력은 모두가 배웠다.

때문에 그들은 저마다 자신의 능력은 감추려, 하지만 상대의 능력은 읽으려 예의 주시했다.

무성의 눈에 가장 먼저 들어오는 사람은 간독이었다.

'비릿한 피 냄새가 풍겨. 이제 자신을 숨기지 않아.'

간독은 짝다리를 짚고 유들유들한 태도를 하고 있었다.

저잣거리에서 흔히 볼 수 있는 왈패의 모습이다.

마치 자신을 숨길 의도가 없다는 듯이 말한다.

나는 이렇게 자신 있으니 덤빌 테면 얼마든지 덤비라는 듯이 몸으로 말하고 있었다.

'하지만 그런 모습은 어디까지나 위장일 뿐. 진실한 내면은 여전히 음흉해.'

간독은 기세와 살의를 숨기지 않고 잔뜩 뿌려 댄다. 하지만 그 속에는 간교하고 살벌한 눈빛이 숨어 있다.

이해타산이 빠른 간독은 자만심에 빠진 모습으로 상대의 눈을 속인다. 대신 뒤로는 계산을 통해 적을 자신의 입맛대로 다루려 한다.

'대웅은 예나 지금이나 달라진 것이 전혀 없고.'

대웅은 가장 구석진 곳에서 앉아 무릎을 끌어모으고, 허벅지에 얼굴을 묻었다.

커다란 덩치가 아깝게 어깨가 미미하게 떨린다.

하지만 그런 대웅을 보는 무성의 눈빛은 차갑기만 했다. 예나 지금이나 녀석은 속을 짐작키가 어려웠다.

시선을 옆으로 돌리니 남소유도 있다.

남소유도 크게 달라진 것은 없었다.

무표정한 얼굴로 자신의 키보다도 훨씬 큰 대검을 꼭 끌어안은 채 앉아 있다.

주변을 둘러보며 경계하기에 바쁜 다른 사람들과 다르게, 그녀만은 마치 별세계의 사람처럼 따로 논다.

'하지만 이제는 이 분위기에 많이 녹아 있어. 곤호심법의 영향인가?'

무성이 지난 한 달 간 곤호심법을 수련하면서 느낀 내용은, 곤호심법은 어디에나 잘 융화되지만 반대로 한 번 성향이 정해지면 절대 바꿀 수 없다는 점이었다.

그 성향이란 신공이니 마공이니 하는 기질이 아니다.

성격.

시전자가 가진 성격을 아주 많이 닮는다.

복수를 꿈꾸는 무성의 곤호진기는 투쟁적이다. 간독의 곤호진기는 날카롭다. 대웅의 것은 아주 둔하며, 남소유의 기운은 매우 차갑다.

그래도 뿌리는 완전히 숨길 수는 없는지 주변의 분위기와 반발하지 않고 어느 정도 동화가 되고 있었다.

'그리고 마지막은……'

무성은 다섯 번째 사람을 찾으려 하다 말고 뒤쪽에서 들리는 말에 몸을 돌렸다.

"이 사람아, 나는 여기에 있다네."

"오랜만에 뵙습니다."

"그래. 실제 시간은 얼마 되지 않지만 진짜 겪은 시간은 몇 년은 더 된 것 같구먼그래."

한유원은 특별히 제작된 의자에 앉아 있었다. 다리에 덮은 담요 아래는 헐렁했다. 하지만 의자를 잡은 팔뚝과 몸에는 어느 정도 근육이 붙어 탄탄했다.

단 한 달 사이인데도 불구하고 한유원은 정말 십 년이라도 지난 것처럼 얼굴에 주름이 가득했다.

이전과 분위기도 많이 달라졌다.

"많이 달라지셨습니다."

"달라졌다라……. 달라진 정도가 아니지. 정말 스스로가 다시 태어난 것이 아닌가 싶을 정도니."

쓴웃음이 걸린다. 입가에 맺힌 잔주름이 깊어졌다.

"그래도 하날 잃고 나면 다른 하나를 얻는다고, 앉아 있는 시간이 많아지니 잡생각이 많아지더군. 해서 이런 것도 만들었다네."

한유원은 앉아 있던 의자 손잡이를 손으로 조작했다. 손잡이 안쪽에는 이상한 장치가 많이 달려 있었다.

지잉!

그러자 쉽게 움직이기 위해 의자 다리에 붙어 있던 바퀴가 구르기 시작했다.

앞으로, 뒤로, 심지어 옆으로.

속도도 어느 정도 붙어 무성을 가운데에 두고 원을 그리기까지 한다.

착!

한유원은 다시 무성 앞에 의자를 멈춰 세웠다.

"대체 이게 뭡니까?"

무성은 마치 귀신이라도 본 것처럼 놀란 눈이 되었다.

한유원은 무성의 반응이 마음에 드는지 흡족한 미소를 지었다.

"말하지 않았나? 잡생각이 많아졌노라고."

"그렇다고 해서 어떻게……!"

"수련을 자꾸 하고 나니 움직이지 못하는 것이 애석하더군. 그래서 참참이 설계도를 고안하고 만들어 보았다네. 다행히 북명검수들도 적극적으로 날 도와주었고. 사실 날 계속 업고 다니는 것이 귀찮았던 것이겠지만. 허허!"

가볍게 웃음을 터뜨리는 한유원을 보며 무성은 가만히 미소를 지었다.

한유원이 고개를 갸우뚱거렸다.

"왜 그러나?"

"정말 많이 달라지셨군요."

"그거야……."

"긍정적인 의미로 드리는 말씀입니다. 웃음이 많아지셨습니다. 고생을 하신 만큼 얻으신 것도 많다는 뜻이겠지요."

한유원의 눈이 살짝 커졌다가 이내 호선을 그린다.

그는 손으로 얼굴을 덮으며 웃음을 터뜨렸다.

"허허허허! 허허! 자네는 정말 볼 때마다 나를 자꾸만 놀라게 하는 재주가 있어."

그러다 손을 내리더니 갑자기 인상을 굳혔다.

"그리고 그때마다 느끼는 것이지만 자네는…… 이런 시궁창에 있을 아이가 아니야. 더 밝고 넓은 큰 곳에서 화려하게 꽃을 피워야 할 아이지. 정말 복수를 포기할 생각은 없는가?"

"……."

무성은 입을 꾹 다물고서 아무 말도 하지 못했다.

머릿속으로 많은 생각이 스친다.

한유원의 눈. 왠지 죽은 누이를 떠올리게 한다.

그러다 씁쓸하게 웃으며 고개를 가로저었다.

"그것만을 위해 달리고 있습니다. 복수를 포기한다면 아마 저는 갈 길을 잃고 헤매고 말겠지요. 다른 생각은 해 본 적도, 할 생각도 없습니다."

귀화가 타오른다.

이전처럼 분노와 원한으로 얼룩진, 살의로 충만한 귀화가 아니다.

짙은 결의가 자리 잡은 귀화다.

"좋네. 하면 그 길, 나도 옆에서 도와줘도 되겠나?"

"예?"

무성은 뜻밖의 말에 눈이 살짝 커졌다.

"왜 그리 놀라나? 하긴 자네와 내가 제대로 이야기를 나눈 건 이번이 두 번째이긴 하네만…… 그래도 몇 마디 말로도 그 사람의 심성을 읽을 수 있는 법이네. 자네가 삿된 길로 빠지지 않고 올바른 길로 갈 수 있도록 인도하는 것. 그것이 내 운명이라 여겨졌단 말일세."

한유원은 따스한 미소를 흘렸다.

"세상으로부터 버림을 받으며 항상 진흙탕을 굴러 온 나일세. 그런 나에게 처음으로 손길을 내밀어 준 자네를 돕는 게 뭐가 이상하겠나?"

"그래도……!"

"뭐, 사실 그런 것을 다 떠나서 할 일이 없기도 하고. 어차피 무신을 잡아야 한다는 어마어마한 계획을 행해야 한다면, 그 속에서 의미를 찾는 것도 보람 있고 좋은 일이겠지."

무성은 잠시간 아무런 말도 하지 못했다.

어린 자신에게는 너무 버겁고 큰 말이다. 사실 머리가 영특해졌다고 해도 따라잡기가 힘들다.

하지만 이것 하나만큼은 알 수 있다.

한유원은 정말 자신을 걱정해하고 있었다.

"그럼 부탁드리겠습니다. 숙부님."

무성이 예를 갖춰 고개를 숙이자, 한유원은 씩 웃었다.

작은 아버지. 정말 듣기 좋은 말이었다.

"그럼 이 위험한 곳에서 한번 잘 살아남음세. 조카."

짧은 인연에서 핀 싹이 조금씩 자라기 시작했다.

*   *   *

"주목!"

어느덧 북궁민이 나타나 공력을 담아 크게 소리쳤다.

쩌렁쩌렁하게 울리는 사자후.

한 달 전까지만 해도 사시나무 떨 듯이 떨었을 테지만,
지금은 다르다. 모두 담담하게 넘긴다.

북궁민은 흡족한 미소를 떴다.

의도했던 대로 이법의 변이가 제대로 정착되어 화려한
꽃을 피우고 있었다.

"앞으로 너희들이 배울 것은 '죽이는 법'이다. 기간은
두 달. 앞서 배웠던 세 가지 법의 정수(精髓)를 승화(昇華)
시킬 것이다. 또한, 이 단계에서 얻을 힘은 지난 한 달 동안

얻은 것과는 비교가 불가능하다."

귀병들의 눈이 반짝거린다.

이제 기운을 밖으로 끄집어낼 줄 아는 단계에 이른 그들이다.

새로운 세상을 자각하기 시작하면서 하루하루가 달라지고 있다.

이전이 땅을 기어 다니는 것이었다면 이제는 겨우 걷기 시작하면서 날갯짓을 조금씩 배우기 시작했다.

저 하늘을 날기 시작하면 어떻게 될까?

기대로 가득 찼다.

더 강해지고 싶다는 기대.

북궁민은 저들을 나락으로 떨어뜨릴 생각에 더 만족에 찬 미소를 지으며 옆에 시립해 있던 유상에게 눈짓했다.

유상은 고개를 끄덕이더니 별안간 크게 소리쳤다.

"북명검수!"

"하명하십시오!"

공터 주변을 에워싸고 있던 삼십 명의 북명검수들이 일제히 부복한다.

"귀병들을…… 모두 베라!"

"존명!"

스르릉! 스릉!

갑자기 북명검수들이 일제히 검을 뽑아 들기 시작했다.

간독이 소스라치게 놀라며 소리쳤다.

"이게 대체 무슨 소리요!"

하지만 그의 항의는 얼마 가지 못했다.

쉬시식!

별안간 앞쪽 공간이 잘리더니 검풍이 간독의 목을 베어 온다.

간독은 흠칫 놀라며 재빨리 몸을 물렸다. 동시에 허리를 옆으로 틀면서 왼쪽 소맷자락을 뿌렸다.

둥근 환, 귀왕령(鬼王靈) 세 개가 허공에 떴다.

따다당!

"제법이군! 한 달 전과는 많이 달라졌어!"

"사십사호(四十四號)……!"

간독의 두 눈이 시푸른 광망을 번뜩였다.

희죽거리는 사십사호의 눈을 보고 있노라니 잘려 나간 오른쪽 어깨가 욱신거리는 것 같았다.

사십사호는 한 달 전에 그들의 적성을 시험할 때에 나섰던 북명검수다. 그리고 한 달 동안 간독에게 싸우는 법을 가르친 스승이기도 했다.

사십사호는 살공 기예를 가르칠 때마다 항상 간독을 궁지로 몰아넣었다.

그리고 간독이 위험에 잠겨 허우적거릴 때마다 그는 재미나다는 미소를 흘리곤 했다. 간혹 장난으로 잘린 오른팔을 툭 치고는 '없네? 미안. 몰랐어.'라며 이죽거릴 때도 많았다.

그때마다 간독은 놈을 언젠가 죽이고 말겠노라고 다짐을 했었다.

그런데 이렇게 기회가 찾아올 줄이야!

하지만 간독은 섣불리 덤비지 않았다.

지금도 하루가 다르게 몸을 변화시키는 변이가 완전히 자리를 잡으면 또 모를까, 지금 실력으로는 북명검수를 한 명이라도 잡는 것이 불가능했다.

그런데 문제는 어느덧 간독 주변으로 다섯이 넘는 북명검수들이 모여들었다는 점이었다.

그들은 하나같이 살벌한 기세를 흘려 댔다.

간독을 죽이고자 하는 의지가 물씬 풍긴다. 이건 절대 장난이나 시험 따위가 아니다.

"뭐해? 그렇게 날 죽이고 싶어 했잖아? 왜 기회를 줘도 못 하나?"

사십사호가 이죽거린다. 더불어 북명검수들이 간독이 빠져나갈 수 없도록 포위망을 갖췄다.

간독은 하나 남은 주먹을 꽉 쥐었다.

"씨발……!"

대웅은 큼지막한 체구를 손으로 감싸며 덜덜 떨었다.

하지만 북명검수들은 그의 생각 따윈 전혀 고려하지 않고, 공격을 감행하기 시작했다.

뱅그르르, 북궁검가가 자랑하는 회륜검진(回輪劍陣)이 발동되며 북명검수들이 톱니바퀴처럼 대웅의 몸을 젖혀 들어가기 시작했다.

그때, 북명검수들 사이에 눈빛이 교환되었다.

바로 공격을 시작하자는 신호였다.

휙!

네 개의 검이 사방을 점하며 들어오고, 나머지 하나가 사각을 교묘하게 파고서 뛰어들어 온다.

다섯 개의 검날이 선인장처럼 대웅의 몸에 꽂히려는 찰나,

갑자기 대웅이 버럭 소리를 지르더니 막대한 양의 기파를 사방으로 뿌렸다.

퍼퍼퍼펑!

동심원 모양으로 퍼진 엄청난 기파에 북명검수들은 추풍낙엽처럼 나가떨어졌다.

볼썽사납게 나뒹군 그들의 얼굴엔 경악이 어렸다.

하지만 바로 그 순간,

쉭!

갑자기 대웅의 뒤편으로 그림자 하나가 불쑥 치솟더니 그의 허리에다 검을 박았다.

퍽!

남소유는 아직까지 싸움을 시작하지 않았다.

그저 회륜검진을 갖춘 북명검수들을 싸늘한 눈초리로 바라보기만 할 뿐.

자세는 바짝 낮춘 채로 검병에 손을 가져갔다.

아주 고요한 적막만이 흐른다.

하지만 북명검수들 역시 쉬이 달려들 생각을 하지 못했다. 이상하게도 보이지 않는 무언가가 발목을 자꾸만 잡았다.

무형지기 따윈 아니었다.

본능.

그저 본능이 움직이지 못하게 만들었다.

하지만 다섯 명의 북명검수는 그들의 작은 주인, 북궁민도 함부로 하지 못하는 전력이다.

잠시간 눈빛 교환이 있고 난 후,

쉬시식!

회륜검진이 발동되며 남소유를 압박하기 시작했다.

남소유도 앙증맞은 발을 내디뎠다. 그녀가 밟은 자리 위로 볼에서 흘러내린 땀방울 하나가 톡 떨어졌다.

"저들이 대체 무슨 꿍꿍이를 가진 것 같나?"

"한 달 간의 성과를 확인하려는 것이겠지요."

무성은 한유원과 대화를 나누면서 혁대에서 천천히 검을 뽑았다.

팔뚝만 한 길이에 폭이 좁은 검.

단검과 장검 사이에 놓인 것으로 무성이 특별히 도효십이살에 맞춰 북명검수에 부탁해 제련한 검이다.

"한데, 제가 맡아야 할 사람이 너무 많습니다."

무성은 쓰게 웃으며 주변을 둘러보았다.

자신과 한유원, 두 사람의 몫을 상대해야 하다 보니 모두 열 명이 넘는 인원이 배치된 것이다.

다리가 불편한 한유원에게 싸움을 맡길 수는 없으니 무성 혼자서 상대해야만 한다.

"잘 부탁함세."

"숙부님이 되시자마자 고련을 주시는군요."

무성은 검을 역수로 주고 중단에 두며 자세를 낮췄다. 도효십이살의 기수식이었다.

일순, 여유롭던 미소는 사라지고 귀화가 피어올랐다.

하지만 이상하게도 무성에게는 여전히 아무런 기운도 풍기지 않았다.

마치 세상에 존재하지 않는 듯 조용했다.

*   *   *

"주어진 시간은 두 달."

북궁민의 사자후가 다시 쩌렁쩌렁하게 울린다.

"북명검수들을 모두 죽여라."

第五章

내가 할 수 있는 것

무성은 크게 호흡을 골랐다.

'곤(鯤)이라는 물고기는 한 번 숨을 삼키면 너무 많이 삼켜 오랜 시간 동안 바다 속에 잠수를 할 수 있다. 곤의 눈은 정명하며 닿지 않는 곳이 없고, 호흡이 느리기에 늘 침착하다.'

곤호심법의 처음을 장식하는 구결이다.

으레 대부분의 신공이 그러하듯, 신공은 깨달음을 요구하기 때문에 비유법이 강하다.

곤호심법도 그러했다.

장자(莊子)의 소요유(逍遙遊)에는 북명(北溟)에 사는 물고기, 곤어(鯤魚)에 대한 이야기가 실려 있다. 커서 대붕(大鵬) 이 된다는 이 물고기는 크기가 얼마나 되는지 아무도 모른 다.

곤호심법은 이런 곤이 되는 법을 가르친다.

세상은 북명이다.

바다에 물이 가득하듯, 세상에는 기가 가득하다.

하지만 물고기는 물속에 살아도 물을 삼키지 않는다. 아 가미를 통해 공기만 삼키고 물은 내뱉는다.

무성도 그러하다.

북명이라는 세상에서 기를 다량으로 끌어들이나, 그것을 거르고 또 걸러 순수한 기만을 단전에 쌓는다.

단, 곤은 크기가 수천 리나 되어 한 번에 삼키는 물과 공 기의 양이 대단하다.

곤이 된 무성도 다르지 않다.

덕분에 무성은 아주 순수한 기운을 빠른 속도로 단전에 다 쌓는 기연을 얻을 수 있었다. 몸에 변화가 찾아온 이후 그 속도는 훨씬 빨라졌다.

호흡이 느려지다 보니 자연스레 산만한 정신이 가라앉 고, 감각이 차분해지며, 이성이 또렷해진다.

침착한 가운데 깨어난 감각은 자꾸만 확장해 나가다 이 내 새로운 영역을 그린다.

이것은 마치 심안(心眼)처럼 제 삼의 눈이 되어 일정 영역 내 모든 것을 파악하게 만들어 준다.

 영통결(靈通訣)의 발현이다.

 '숫자는 모두 열 명. 아니, 열두 명인가? 좌측 다섯은 나를, 우측 다섯은 숙부님을 노려. 그리고 은신술로 자취를 감춘 북명검수가 둘. 한 명만 해도 아직 많이 부담스러운데 이들을 한꺼번에 상대하라고?'

 무성은 기수식을 취하는 내내 쉴 새 없이 북명검수들을 경계했다.

 북명검수들도 서로 눈짓을 주고받으며 공격을 감행할 시기를 가늠하고 있었다.

 지난 한 달 동안 큰 신체적 변화를 겪었다고는 하지만, 북명검수는 여전히 강호에서도 고수로 분류되는 일류 무사들이다.

 특히나 북궁검가의 소속으로서 그들이 겪은 실전과 경험도 절대 무시할 것이 못 된다.

 머릿수와 경험, 실력. 어느 것 하나 무성이 이들보다 우위에 있는 것은 없다.

 북명검수들도 그런 사실을 잘 알기에 간격을 좁히며 서서히 무성을 압박하기 시작한다.

 '무인이라면 상황이 불리하더라도 맞서겠지만…… 자객

은 달라.'

무성이 사호로부터 귀에 딱지가 앉도록 말이 하나 있다.

절대 불리한 싸움을 하지 마라. 최대한 실력을 숨기고 물러서 있되, 형국을 유리하게 만든 후에는 폭풍이 불 듯 휘몰아쳐라.

이것은 읽는 법의 중심을 관통하는 요체이기도 하다.

무성은 스스로 무인이 될 생각이 없었다.

오로지 승리된 결과만을 추구할 생각이다.

싸워 봤자 아무런 이득도 없는 이런 싸움을 결할 이유가 없었다.

'문제는 숙부님인데.'

한유원에 대해 생각이 미치자 잠시 흔들렸던 마음을 털었다.

분명 지금 다리가 불편한 한유원은 무성에게 있어 짐밖에는 되지 않는다. 아니, 짐 정도가 아니라 발목을 잡는 덫이 되어 버렸다.

하지만 무성은 결과를 중시하는 자객이 될지라도, 거기에 대해서 일정 선을 긋고 싶었다.

누이가 했던 말이 있지 않은가.

절대 복수와 원한에 눈이 멀지 말라던 유언.

여기서 한유원을 버리는 것은 스스로가 동정오우와 북명

검수, 그리고 주익과 북궁민처럼 똑같이 된다는 뜻이었다.

그런 짓을 해서는 누이가 저 하늘에서 슬퍼하리라.

그렇다고 해서 섣불리 나설 수도 없다.

그가 움직이는 순간, 북명검수들은 기다렸다는 듯이 포위망을 갖추며 그를 제거하려 들 것이다.

이러지도 저러지도 못하고 고민이 깊어지는 동안에 북명검수들이 조금씩 움직이기 시작했다.

척!

다섯 명으로 구성된 한 조(組)와 다른 한 조가 움직인다.

원을 그리며 서로 맞물리는 듯하다가 서로 교점이 조금씩 섞이기 시작했다.

북궁검가의 회륜검진은 보통 오인일조(五人一組)로 구성되나, 인원과 크기에는 한계가 없다. 조와 조가 섞이면 도리어 더 크고 탄탄한 검진이 탄생된다.

중첩된 회륜검진이 살벌한 기세를 풍기며 서서히 다가오자, 검병을 쥔 무성의 손에도 조금씩 땀이 찼다.

반대로 무성의 귀화는 기름을 끼얹은 것처럼 더 거칠게 타올랐다.

'일단은 길을 뚫자.'

다행히 이런 때에 아주 유용한 초식이 하나 있었다.

'효월서광.'

곤호심법과 섞이며 새로운 변화를 맞은 도효십이살의 일초식을 떠올리며 천천히 공력을 끌어올리려던 때였다.

『정말 홀로 저들을 모두 감내할 수 있겠는가?』

별안간 전음 한 줄기가 귀에 꽂혔다.

익숙치 않아 살짝 흔들리지만 분명 익숙한 목소리다.

'숙부님?'

무성이 살짝 놀라 움직이려는데, 다시 한유원이 전음을 보냈다.

『아무런 반응도 하지 말게. 저들이 눈치채서는 안 되니.』

"……."

무성은 차분하게 검을 들어 올렸다. 알아들었다는 무언의 표시였다.

하지만 속으로는 적잖게 놀랐다.

전음은 음파를 특정한 사람에게만 들리도록 만드는 기예. 흔히 고수라 할 만한 자들만이 해낼 수 있다.

그런데 귀병들 중에서 유일하게 무공을 익힌 적이 없던 학사인 한유원이 이토록 능숙하게 구사할 줄이야.

『자세한 건 나중에 이야기하도록 하고…… 일단 한 가지만 물어봄세. 홀로 저들을 감내할 수 있겠나? 할 수 있다면 검날을 살짝 위로, 없다면 아래로 내려 주게.』

무성은 손목을 살짝 돌려 검날을 아래로 향하게 했다.

『역시. 하면 우선 이 자리를 벗어나는 게 급선무겠지? 내가 신호를 주면 바로 날 업고 이곳을 벗어나게.』

'……?'

무성은 도무지 한유원의 말뜻을 이해할 수 없었다.

하지만 그에게 무슨 방책이 있다고 판단, 각력에 힘을 주었다.

『하나…… 둘…….』

영통결이 움직인다.

영역을 확대시켜 북명검수들을 보면서도, 모든 감각은 한유원에게로 쏠린다.

한유원은 의자의 손잡이 아래쪽을 건드리고 있었다.

『셋!』

타닥!

무성은 뒤도 돌아보지 않고 몸을 반전시키며 한유원에게로 땅을 박찼다.

한유원도 손잡이 아래쪽에 마련된 장치를 발출시켰다.

무성은 그 순간 한유원이 즐기고 있다는 느낌이 들었다.

퍼퍼펑!

갑자기 의자를 지탱하던 아래쪽 바퀴 네 개가 폭발하더니 안쪽에 장치해 두었던 분말이 사방으로 뿌려졌다.

삽시간에 주변 오 장 일대가 뿌연 안개로 가득 찼다.

"모, 모두 호흡을 멈춰라!"

북명검수들 중 조장에 해당하는 이들이 기겁을 하며 소리를 쳤다.

그들이 가르친 싸우는 법 중에는 용독술도 들어 있다. 분말, 액체, 신경독 등 다양한 것들을 다루는 법과 해독하는 법, 그리고 제조법 등을 가르쳤다.

특히 직접 몸으로 싸우기가 힘든 한유원이 가장 심혈을 기울인 분야가 용독술이었다.

이미 그를 가르친 북명검수들은 그에게 호되게 당한 전력이 있던 터라, 당황스러울 수밖에 없었다.

더군다나 분말의 양이 얼마나 많은지 시야가 뿌옇게 가려진다.

북명검수들이 주춤하는 사이.

이미 만반의 준비를 갖췄던 무성은 분말 안개 사이를 가로질러 한유원을 등에 업고 있었다.

"대체 언제 이런 것을 준비해두셨던 겁니까?"

"본래 사람 일이란 어떻게 될지 모르는 것이기에 어느 상황에 닥쳐도 대응할 수 있도록 만반의 준비를 갖추는 것. 그것이 바로 병법의 기본이라네."

무성은 한유원을 업으며 각력에 재차 힘을 주었다.

몸에 무게가 가득 실렸지만, 신체적 변화는 육체에 엄청난 신력(神力)을 불어넣어 아무런 이상이 없었다.

스스스!

무성은 귀기를 흘리며 미끄러지듯이 지면을 달렸다.

매영보의 망량유운(魍魎流雲)은 흔적을 거의 남기지 않고 빠른 속도로 달리는 경공술이다.

튕기듯이 앞으로 치달리며, 뒤쪽에 둘러섰던 북명검수들 사이를 통과한다.

북명검수들이 뒤늦게 무성을 제지하려 들었지만, 별안간 땅거죽을 뚫고 치솟는 듯한 여러 개의 칼바람에 흠칫 놀라 물러서야만 했다.

효월서광!

검풍을 날려 원거리의 적을 타격하는 초식.

거목 하나를 가루로 만들어 버릴 만큼 대단한 위력을 자랑하지 않았던가.

본능에 민감한 북명검수들은 효월서광에 직접 부딪치면 위험할 거라 판단, 주춤하며 재빨리 뒤로 물러서야만 했다.

타다닥!

무성은 단숨에 회륜검진을 빠져나오는데 성공했다.

분말 안개가 사라지고 난 후, 북명검수들이 다시 전열을 갖췄을 때 무성과 한유원은 이미 사라지고 없었다.

어둠이 짙게 깔린 곳.

무성과 한유원은 대화를 나누었다.

"대체 이런 재주는 언제 배웠나?"

"살존의 무공입니다. 곤호심법도 그 특성에 알맞게 변화를 하더군요. 덕분에 몸을 움직이기가 쉬워졌습니다."

"하긴 그도 그렇군."

한유원은 고개를 끄덕였다.

무신만 아니었다면 능히 지존으로서 군림했을 자의 무학이다.

비록 익힌 지 한 달밖에는 되지 않았으나, 곤호심법의 권능은 그 이상을 틔우기에 충분했다.

하물며 도효는 무성에게 너무나 잘 맞는 옷이었다.

'북궁민, 그자의 안목은 나이에 어울리지 않게 어딘가 탁월하고 깊은 데가 있지.'

겁이 많은 한유원은 걱정거리를 해소하기 위해 그것을 어떻게든 분석하려는 버릇이 있다.

한유원이 한 달 간 가장 많이 분석하려 했던 인물이 바로 북궁민이다.

북궁검가의 소가주로서 모든 영광과 권력을 누릴 권리를 지녔으나, 그것으로 만족하지 않고 시대의 별인 무신을 거꾸러뜨리려는 크나큰 야망을 지닌 자.

문제는 북궁민의 그런 야망이 단순한 과욕이 아닌 충분한 자격을 갖췄다는 점이었다.

'가문을 변혁하고도 남을 만큼 대단한 신공을 갖고 있음에도 불구하고 단순히 병기로 사용하는 담력과 준비력, 추진력, 그리고 안목.'

어느 것 하나만 가져도 대단하다 할 만한 능력을 북궁민은 모두 갖췄다.

그런 그가 무성에게 도효십이살을 내주었다.

당연히 그 재능과 파급 효과는 보지 않아도 뻔하다.

지금도 그렇지 않은가.

북명검수들이 눈을 시뻘겋게 뜨고 감각을 곤두세우고서 그들을 찾는 데도 불구하고, 행적은커녕 흔적도 제대로 찾아내지 못한다.

바로 자신들의 발치에 있는데도 불구하고. 마치 눈 먼 장님처럼 주변만 배회한다.

아마 이들은 무성이 움직여도 찾지 못하리라.

은신과 잠행.

이 두 가지에 있어서 무성이 디딘 경지는 귀병 중에서 최고며 북명검수들을 이미 능가했다.

'이 아이는 칼이다. 검집 속에 조용히 잠들어 있는 칼.'

한유원의 눈이 어둠 속에서 반짝거리는 사이.

무성은 영통결로 놈들의 행적을 읽다가 갑자기 고개를 들었다.

"북명검수들의 눈은 피한 것 같은데, 다른 두 명은 여전히 꿈쩍도 않는군요. 아무래도 대충이나마 짐작을 한 것 같습니다."

방황하는 북명검수들 사이로 여전히 어둠 속에 숨어 요지부동해 있는 두 명의 북명검수.

"아마 암격(暗擊)을 담당하는 자들일 걸세."

"암격이라니요?"

"다른 북명검수들이 전면에서 회륜검진으로 적의 이목을 흩트리는 사이에 몰래 숨어들어 숨통을 끊어 놓는 자들이지. 이를테면 '진짜 칼'이랄까? 아마 우리가 영통결을 얻지 못했다면 흔적조차 읽을 수 없었을 게야."

한유원의 목소리가 차분하게 가라앉았다.

"위험해지겠군요."

"위험하지. 하지만 위험한 건 우리들만이 아닐세."

무성은 묵묵히 고개를 끄덕였다.

영통결은 북명검수들 뿐만 아니라, 다른 귀병들의 행적도 대충이나마 좇고 있다.

남소유, 대웅, 간독.

세 사람은 회륜검진의 구속에 단단히 갇혔다.

"저들을 계속 내버려 둘 참인가?"

"무슨 뜻이십니까?"

무성이 살짝 놀란 눈이 된다.

한유원이 묵직한 어조로 말을 이었다.

"북명검수는 모두 서른 명. 이렇게 숨어 있다고는 하나, 언젠가 저들은 자네의 은신술을 파훼할 걸세. 그때는 너무 늦어. 지금은 손 하나라도 절실해."

"아……!"

무성은 한유원의 말뜻을 이해했다.

이대로 북명검수들이 하는 대로 딸려가서는 안 된다.

주어진 시간은 두 달. 너무나 긴 시간 동안 불리한 형세에 끌려 다니면 결과는 오로지 패배뿐.

그래서는 안 되니 반격을 위해서는 정국을 이쪽에 유리하게 끌어야만 한다.

"더군다나 무성, 너는 아무런 대가도 바라지 않고 날 도와주었지. 복수를 꿈꾸더라도 부디 그런 마음만은 버리지 말게. 사람이기를 포기하지 마."

"……."

무성은 잠시간 아무런 말을 하지 못했다.

잠시간의 적막 속, 무성은 어둠 속에서 홀연히 귀화를 태우기 시작했다.

한유원은 그 모습에서 무성이 무언가를 결심했다는 사실을 깨달았다. 자신의 의도가 정확히 들어맞았다.

'역시 이 아이는 선해. 너무나 착한 아이야.'

한유원이 물었다.

"생각이 섰는가?"

"예."

"어찌 할 텐가?"

무성은 위태로운 세 사람의 기운을 읽으며 힘차게 답했다.

"저들을 모두…… 제 사람으로 만들겠습니다."

*   *   *

"놈들은 얼마 가지 못했을 것이다! 이 주변을 샅샅이 수색하라!"

조장의 명령에 따라 북명검수들이 움직이기 시작한다.

자취를 감춰 버린 무성과 한유원을 찾기 위한 수색 작업이었다.

하지만 너무나 신기하게도 두 사람은 마치 땅으로 꺼져 버린 듯, 존재조차 찾을 수 없었다.

"없습니다!"

"역시나 찾을 수 없습니다!"

"젠장! 대체 어디로 간 거야!"

십구호(十九號)는 애꿎은 땅을 발로 걷어차며 분개를 터뜨렸다.

이 주변은 모두 평평한 공터.

나무나 바위가 하나도 없어 숨을 곳이 없는데도 불구하고 녀석들의 흔적조차 찾을 수 없다.

은신술을 전개한다 하더라도 그 짧은 사이에 어떻게 이런 완벽한 위장이 가능한지 모르겠다. 하물며 엄폐물이나 은폐물이 전혀 없는 이런 곳에서.

"흐흐흐!"

그때 갑자기 사호가 크게 웃음을 터뜨렸다.

십구호의 두 눈이 좌우로 가느다랗게 찢어졌다.

"왜 웃는 거냐?"

"헛수고만 계속 하고 있으니까."

"뭐?"

"진무성, 그놈은 내가 여태 가르친 놈들 중에서도 최고다. 그런 놈을 찾겠다고?"

사호는 무성에게 읽는 법을 가르쳤다.

지형지물, 사람의 심기. 무성은 그 어느 것 하나 놓치는 바가 없었다. 영특한 머리로 사호가 전수한 것을 닥치는 대로 빨아들였다.

덕분에 사호는 단언할 수 있었다.

자객으로서의 재능은, 귀병으로서의 능력은 무성이 최고라고.

"사호, 네가 병략에서는 우리 중 최고라 하나, 놈은 아직 한 달 치기에 불과한……!"

"문제는 그 옆에 한유원도 있다는 거지."

"……!"

"살존의 무학을 익힌 자와 신기수사(神機修士)의 병법을 뺏은 자. 둘이 머리를 맞대면 무슨 일이 벌어질 것 같나?"

"……."

십구호는 입을 꾹 다물었다.

한유원은 아무도 못 풀었다는 제갈무후의 팔진도를 해석했으며 또한 무신련의 군사, 신기수사의 신기병략(神機兵略)을 지난 한 달 간 공부했다.

십구호는 한유원의 깊이가 얼마나 대단한지 잘 안다.

그가 바로 한유원에게 읽는 법을 가르쳤으니.

그런데 거기에 사호가 최고라 인정한다는 무성이 그 옆을 지킨다.

능력과 지혜, 칼과 머리.

두 가지가 더해졌으니 이미 그들을 잡는 것은 힘들다고
봐야 한다.

그래도 십구호는 쉽사리 인정하기 힘들었다.

그는 북명검수. 상대가 이법으로 변이를 시작한 귀병이
라고는 하나, 고작 한 달짜리가 자신의 이목을 따돌렸다는
사실은 받아들이기 어려웠다.

"살존의 무공을 얻었다면 은신과 경공에는 도가 텄을
터. 이미 이곳을 빠져나갔을 공산이 크다. 진무성이 수련하
던 밀림을 수색한다!"

"존명!"

십구호의 명령에 따라 북명검수들은 수색 장소를 옮기기
시작했다.

사호는 그런 십구호를 보며 혀를 '쯧!' 하고 찼다.

"아둔한 친구 같으니."

그는 북명검수들을 따르지 않고 홀로 남았다.

퀭하게 가라앉은 음침한 눈길로 주변을 둘러보았다.

"한데, 분명 이 주변에 있을 것이 분명한데?"

무성에게 읽는 법을 가르쳐 준 것은 바로 사호다. 그러니
무성의 생각과 판단은 사호가 제시한 길 내에 있다고 봐야
한다.

'지형…… 지물……. 어디에도 빠져나갈 공간도, 숨을

공간도 없는데 이들은 모두 사라졌다. 그사이에 흔적을 남기지 않는 건 불가능해. 하지만 북명검수들은 흔적을 찾지 못했지. 이것은 혼란 속에 흔적을 숨겨 그 흔적이 스스로 사라지게 만들었다는 뜻.'

사호는 눈을 가느다랗게 좁혔다.

북명검수들이 혼란에 잠기며 주변을 샅샅이 수색했다.

하지만 실상 그것은 흔적을 찾기는커녕 도리어 흔적을 지우는 결과가 되었다.

그런 방법은 하나.

퀭한 시선이 땅바닥에 꽂혔다.

"찾았다."

사호가 비소를 흘리며 땅을 향해 검을 휘두르려는 찰나,

펑!

갑자기 땅거죽이 터지며 모래 안개가 튀어 올랐다.

사호는 그럴 줄 알았다는 듯이 당황하지 않고 소맷자락을 허공에다 힘차게 뿌렸다.

"어리석은 짓!"

파바박!

비수 여덟 자루가 허공을 가로질렀다. 팔비관청(八匕貫晴)이라 붙인 살공 기예다.

한번 날아들면 모두 상대의 요혈을 가격해 나락으로 떨

어뜨린다.

사호는 당연히 무성을 잡았노라 생각했다.

하지만 뿌연 모래 안개가 사라진 후 드러난 것은 여덟 자루의 비수가 박힌 통나무였다.

'금선탈각(金蟬脫殼)!'

사호의 안색이 창백해졌다.

"덫은 한 번이 아닌 두 번을 꺾어 생각해야 한다고 말해 준 사람이 바로 당신이었지."

"……!"

그 순간, 귓가로 파고 드는 무성의 목소리!

사호는 즉시 소매에서 비수를 다시 뽑아 몸을 반전시키려 했으나, 이미 차가운 칼날이 등에서부터 배를 뚫고 튀어나오고 있었다.

"컥!"

고개를 억지로 돌린 곳에는 무성이 차가운 눈빛을 하고서 서 있었다.

토둔술(土遁術)로 몸을 숨기고서 통나무를 먼저 올려 이목을 끈 뒤, 자신은 뒤에서 반 박자 늦게 나타나 기습을 가한 것이다.

아주 간단하지만 치명적인 일격이다.

"심기는…… 이미…… 나를 능가했……!"

사호는 피를 주룩 흘리더니 앞으로 고꾸라졌다.

언제나 음침한 인상을 자랑하던 그의 입가에는 이상하게 도 엷은 미소가 떠올라 있었다.

촤악!

무성은 힘을 잃고 쓰러진 사호에게서 검을 뽑았다.

핏물이 튀어 오른다. 신발이 금세 피 웅덩이로 젖어들었 다.

'살인……'

무성의 눈꺼풀이 살짝 파르르 떨렸다.

분명 살인은 이번이 처음은 아니다.

하지만 이전의 것은 어디까지나 누이의 원수를 갚기 위 한 것이었을 뿐. 자신의 의지로 한 것은 이번이 처음이다.

하물며 상대는 짧은 시간이나마 무성에게 가르침을 준 스승이다. 그런 자의 몸에다 칼을 박았으니 어찌 마음이 심 란해지지 않을까.

그러나 심란해진 마음도 잠시.

쉭! 쉭!

극도로 예민해진 영통결을 통해 두 개의 기척이 움직이 는 것이 느껴졌다.

'칠호와 팔호(八號).'

칠호는 무성에게, 팔호는 한유원에게 싸우는 법을 가르친 북명검수다. 그만큼 암격과 실력에 있어서는 다른 북명검수들을 능가한다.

특히 칠호는 매영보의 극성을 이뤘고, 팔호는 한유원에게 듣자 하니 용독술이나 암기술이 특기라 했다.

두 사람이 합공을 가한다면 무성의 필패(必敗)다.

무성은 잡히기 전에 전력을 다해 망량유운을 펼쳤다.

팟!

무성이 있던 자리로 칠호와 팔호가 들어섰다.

"벌써 희생자가 나올 줄이야."

"살존의 진전을 너무 잘 이었어. 우리들로부터 기척을 숨기는 것은 물론이거니와 사호를 꺾어 버리는 심기까지…… 위험하군."

팔호는 인상을 찡그렸다.

이 싸움에서는 무위나 경지 따윈 아무래도 상관없다.

무위로 따지자면 사호가 무성보다 훨씬 위다.

하지만 사호는 당했다. 수 싸움에서 졌다는 뜻이다.

결국 중요한 것은 결과다.

누가 죽었느냐. 또 누가 살았느냐.

"녀석은 내 목표이니 내게 맡기고, 자네는 한유원이나

잡게."

"혼자서 괜찮겠나?"

팔호의 걱정에 칠호가 인상을 굳혔다.

"내가 누구라고 생각하나?"

"하긴. 내가 너무 쓸데없는 걱정을 했군."

팔호는 피식 웃음을 터뜨렸다.

칠호는 북명검수 내에서도 세 손가락 안에 꼽히는 실력자다. 거기다 독종이라 한 번 잡은 목표는 절대 놓치지 않는다.

사호의 사인(死因)도 확인했으니 무성의 노림수나 실력도 모두 판단이 가능하다. 이제 곧 잡히게 되리라.

당장 걱정해야 하는 것은 자신이었다.

이미 한유원은 어디론가 사라지고 없었다.

머리싸움에 있어서는 따라잡을 길이 없으니 어떻게 쥐를 몰아야 할지를 고민해야 했다.

팟!

팔호가 사라지자, 칠호 역시 몸을 날렸다.

그런데 당연히 사호를 처치하고 난 후 무성이 은신술을 전개할 거라 판단했던 칠호는 무성이 사라진 방향을 보면서 인상을 찡그렸다.

이번에도 도무지 무성의 노림수가 읽히지 않았다.

"다른 북명검수들이 있는 곳에는 왜?"

*   *   *

무성은 칠호가 따라붙었다는 사실을 깨달았다.

하지만 망량유운을 멈추거나, 몸을 반전시켜 싸움을 붙일 생각은 하지 않았다. 칠호는 정면에서 승부해 이길 수 있는 상대가 아니었다.

더군다나 무성의 목표는 전혀 다른 곳에 있다.

'역전을 꾀하려면 북궁민이 짠 지금의 판을 깨버리고 내가 다시 짜야 해.'

생각해 둔 바도 있다.

'귀병들을 모두 이쪽으로 끌어들인다.'

실상 한유원을 제외하면 나머지 세 사람은 무성과 아무런 관계도 아니다. 호감도 없고 친분도 없다.

그런데도 구해 주려 한다.

한유원이 해 준 말이 너무나 가슴에 크게 와닿아서다.

사람이기를 포기하지 마라!

누이가 했던 말과 너무나 비슷하지 않은가.

그리고 보니 한유원과 누이는 눈도 비슷하다.

선량한 눈.

이상하게도 그런 눈앞에만 서면 무성은 아무런 고집도 부리지 못한다. 그것을 따라야만 할 것 같다.

사람이기를 포기하지 않는다.

복수에 눈이 멀더라도 선을 긋는다. 정도를 걷는다. 절대 잘못된 길을 걷지 않는다.

이것은 무성의 의지이자 지론이었다.

한유원을 구했을 때처럼 다른 이유는 두지 않았다.

그저 행할 뿐이다.

* * *

"후욱…… 후욱……!"

남소유는 대검을 아래로 늘어뜨리며 거칠게 숨을 토했다. 단내가 자꾸 흘러나왔다.

목이 타들어 갈 것 같다. 혀끝이 쓰다.

'아직도 네 명이나 남았어. 아니, 다섯인가?'

길게 늘어뜨린 대검에는 시뻘건 피가 묻어 있다. 검첨이 닿은 땅바닥에는 무참하게 상반신이 박살 난 북명검수가 바닥에 누워 있었다.

전력을 다해 회륜검진을 상대하면서 낳은 결과다.

반면에 남소유의 왼쪽 어깨는 길게 찢어져 핏물이 흐르

고 있고, 오른쪽 허리와 허벅지에도 깊은 자상(刺傷)이 새겨졌다.

원을 그리는 회륜검진은 시야를 어지럽힌다.

그런 와중에 빈틈을 교묘히 파고드는 검날은 상처를 하나둘씩 늘어나게 한다.

결국 갇힌 자는 체력이 다해 당할 수밖에 없다.

'여기서 무릎 꿇을 수는 없어.'

남소유는 대검을 꽉 쥐었다.

자신의 키보다 크고 몸무게보다도 무거운 대검.

가녀린 여인이 들기엔 너무나 어울리지 않지만, 그녀에게는 너무나 소중한 보물이다. 이 대검과 함께 길을 열지 않으면 안 된다.

그것이 사문의 규율을 깨고 파문제자가 되면서까지 그녀를 받아들인 사부의 염원이었으니.

쿵!

천천히 한 걸음을 내딛자, 땅이 울린 것 같은 착각이 일었다.

동시에 지면을 긁던 대검이 대각선으로 튀어 오르면서 무지막지한 광풍을 일으키기 시작했다. 검첨에 불그스름한 광채가 맺혔다.

"적광유망(赤光遊網)이다! 맹륜(猛輪) 전개!"

조장 이십일호(二十一號)의 명령에 따라 회륜검진의 속도가 더욱 빨라지고 매서워졌다.

부—웅!

대검이 붉은 광풍을 흩날리며 움직이는 사이, 회륜검진의 검이 잇달아 대검을 두들겼다.

따다다다당!

쇠와 쇠가 강렬하게 부딪치면서 불똥이 튄다.

남소유는 묵직한 대검을 들고 있는데도 불구하고 현란하다는 말이 나올 정도로 빠른 검법을 구사했다.

그때마다 붉은 광채이 잔상처럼 남아 그물이 넓게 퍼진 듯한 착각이 일었다. 그 요사스러운 아름다움 아래에는 대검이 일으킨 광풍으로 회륜검진이 흔들렸다.

남소유는 본래 천옥원에 들기 전부터 초일류에 해당하는 검사였다.

여기에 변이를 겪고 천라검법을 습득하며 경지는 한 번 높이 뛰어올라, 무지막지한 신위를 자랑하게 되었다.

하지만 체력에는 한계가 있기 마련이다.

특히나 대검을 쓰며 공력을 남발하다 보니 몸에 피로가 금세 찾아들었다. 검이 조금씩 느려지고 빈틈이 생겨나 허공에 놓아진 그물망에도 구멍이 숭숭 뚫렸다.

그사이를 틈타 어둠 속에 숨어 있던 십육호(十六號)가 암격을 시도했다.

단숨에 붉은 그물망을 찢고 검을 길게 찔러 넣는다.

'대체 어느새!'

남소유가 뒤늦게 대검을 위로 잡아당기려 했으나, 어느덧 회륜검진이 빽빽하게 모여들며 네 자루의 검이 대검을 옴짝달싹 하지 못하게 묶어 버렸다.

그사이에 십육호의 검첨이 가녀린 그녀의 목젖을 찔렀다.

'사부……!'

남소유가 두 눈을 질끈 감았다. 눈앞으로 인자한 미소를 짓는 사부가 그려진 듯했다.

퍽!

하지만 갑자기 둔탁한 타격음이 울렸다.

남소유는 화들짝 놀라 번쩍 눈을 떴다.

'이건?'

그녀의 시야에 들어온 것은 머리통이 박살 난 채로 옆으로 힘없이 튕겨 나는 십육호와 그 자리에 대신 선 어느 소년의 등이었다.

소년의 등은 사부의 등과 너무나 닮아 있었다.

무성이었다.

第六章

혈투(血鬪)

"십육호!"

이십일호는 저도 모르게 비명을 지르고 말았다.

북명검수 내 암격을 담당하는 자들은 따로 자객 훈련을 받은 이들로, 실력 면으로만 따진다면 각 조장들과도 동급이거나 그 이상이었다.

그런 십육호가 당했다.

단 일격에.

'정말 통했어.'

무성은 발치에 쓰러진 십육호의 시신을 차분한 시선으로

내려다보았다.

그가 십육호를 잡을 수 있었던 이유는 하나.

암살(暗殺).

무성은 자객으로서 훈련을 받았고 음지의 제왕인 살존의 무공을 전수받았다.

그 실력을 바탕으로 은밀한 암행을 개시, 십육호가 남소유를 노리기 위해 암격을 시도할 때를 노려 효월서광을 전개했다.

자신이 당할 수 있다는 생각을 못한 십육호는 되레 암살 앞에 속수무책으로 당할 수밖에 없었다.

이미 사호를 거꾸러뜨렸을 정도로 무성의 읽는 법은 북명검수들을 압도할 정도다.

거기다 무성은 화려한 등장만큼이나 살벌한 기세도 아끼지 않고 맘껏 풀어냈다.

남소유 앞에 서서 회륜검진에 당당히 맞선다.

스스스!

"……!"

이미 어린 나이 때부터 독기를 품었던 그가 아닌가.

가진 바 기세는 북명검수들에 비해 현저히 약할지 몰라도, 귀화를 활활 태우며 흘리는 살기는 북명검수들을 압도하는 기백이 숨어 있었다.

자칫 공격을 시도하다가는 십육호처럼 당할 수 있다는 우려.

그것이 잠시나마 북명검수들의 발목을 잡았다.

무성은 바로 그 틈을 놓치지 않았다.

『남쪽 암벽. 표식은 따로 해 두었으니 그곳으로 피신하십시오.』

남소유는 갑작스레 등장해 구명을 해 주고 피신까지 종용하는 무성의 전음에 놀란 눈치였다.

무성의 적극적인 호의에 의심을 하는 눈치다.

하지만 남소유는 시간을 오래 끌지 않았다.

무성이 무슨 의도를 지녔던 간에 그녀는 이미 상당히 지친 상태다. 이대로 회륜검진과 재차 부딪친다면 목숨이 위태로우니 자리를 피해야만 했다.

『고마워요.』

남소유는 짧은 전음을 남기고 몸을 반전시켰다.

"남소유가 도망치려 한다! 막아!"

이십일호가 다급히 소리를 지르자, 잠시 풀어졌던 회륜검진이 팽팽해지며 남소유를 막아서려 했다.

하지만,

파바박!

갑자기 허공을 찢고 초승달 모양의 검풍이 매섭게 날아

들었다.

북명검수 세 명은 검풍에서 느껴지는 힘에 본능적으로 몸을 옆으로 틀었다. 분명 십육호의 머리통을 단번에 으깨버린 그 힘이었다.

따다당!

각자 모두 검풍을 옆으로 빗겨내긴 했으나, 무지막지한 위력에 몸이 휘청거리는 것은 어쩔 수 없었다.

남소유는 잠시 벌어진 틈을 놓치지 않고 몸을 날렸다.

앙증맞은 발을 몇 번 놀리니 쭉쭉 몸이 늘어나면서 회륜검진을 통과했다.

동시에 무성도 움직였다.

파밧!

방향은 남소유와는 정반대다.

남소유와 무성. 양동 작전을 보이는 두 사람으로 인해 회륜검진은 목표를 잃고 잠시 방황한다.

"이노오오옴!"

다 잡은 물고기가 도망친다. 그물망에다 상처를 크게 벌려 놓은 무성에 대한 분노가 북명검수들 사이에 몰아치기 시작했다.

쉬시식!

이십일호는 단숨에 무성 앞을 가로막으며 검초를 뿌렸

다. 매서운 검세가 무성의 목젖을 찔러 들어갔다.

하지만 무성은 달리던 속도를 멈추지 않았다.

도리어 각력에 더 힘을 실으며 안쪽으로 끌어 당겼던 검의 힘을 더 세차게 뿌렸다.

효월서광!

따당! 퍽!

"컥!"

이십일호는 검신을 타고 찌르르 울리는 고통에, 입에서 피 화살을 토하며 뒤로 주룩 밀려나고 말았다.

그의 눈에는 불신이 단단하게 서렸다.

제아무리 살존의 무공이라고 하지만 이렇게 대단한 위력을 자랑하는 초식이 있다는 것은 듣지 못했다. 왜 십육호가 당했는지를 몸소 깨달을 수 있었다.

무성은 그 사이 높이 도약, 주춤 물러나는 이십일호의 왼쪽 어깨를 디딤대로 삼아 회륜검진을 통과했다.

바로 그 순간 공간이 열리며 근처까지 당도했던 칠호가 암격을 감행했다. 무성이 십육호를 암살했을 때와 똑같은 방식이었다.

따당!

하지만 무성은 이미 칠호의 행동을 예측하고 있었다.

허공에서 몇 차례 초식을 교환한다.

허리춤을 갈라오는 검초를 옆으로 튕겨 내는 것과 동시에 몸을 아래로 틀었다. 천근추의 수를 들어 빠르게 착지, 칠호의 마수를 벗어났다.

"제법이군. 귀병들을 도와줄 참인가?"

칠호는 작게 중얼거리더니 저만치 앞서서 도망치는 무성을 다시 쫓았다.

남은 북명검수들은 잠시 우왕좌왕하다가 저들끼리 눈짓으로 의사를 교환했다.

후미에 있던 둘은 남소유를, 이십일호와 다른 한 명은 무성을 잡기로 합의를 보고 목표를 쫓기 시작했다.

칠호에 이어 다른 두 명의 북명검수까지. 무성에게 긴 꼬리가 붙었다.

파밧!

무성은 단숨에 공터를 관통, 다른 회륜검진이 있는 근방까지 치달았다.

'우선 간독부터.'

듣자 하니 간독은 흑도에서도 많은 살인을 해 왔던 흉악범이다. 특히 동정오우를 떠올리게 하는 그의 성정은 처음부터 마음에 들지 않았다.

하지만 북명검수들의 마수에서 살아남기 위해서는 귀병들의 연대가 필수적이다.

사적인 감정은 최대한 배제하고 힘을 합쳐야 했다.

때마침 간독은 계속된 사십사호와 회륜검진의 압박에 구석진 곳에 내몰려 다 죽어 가고 있었다.

'회륜검진은 다섯 명이 시선을 빼앗고 숨은 한 명이 암격을 가하는 진법이야. 탈출로가 없기 때문에 안에서 부수기는 매우 힘들어. 검진을 파훼할 수 있는 방법은 단 하나.'

무성은 곤호진기를 검신으로 밀어 넣었다.

쩌엉!

검신이 맑게 울린다.

'외부에서 강한 공격을 가하는 것뿐.'

쉭!

무성은 다시 효월서광을 발휘, 회륜검진의 옆구리를 강하게 때렸다.

퍼퍼펑!

"이건 또 뭐야!"

사십사호는 간독을 궁지로 몰아넣으며 남은 왼팔은 어떻게 뜯어갈까 고민하던 차에 회륜검진을 흔드는 외부 충격에 고개를 옆으로 홱 돌렸다.

이미 북명검수 두 명이 자리를 이탈해 검진이 일그러지

고 말았다.

시선도 자연스레 뒤쪽으로 쏠렸다.

사십사호가 다시 전열을 갖추라며 소리를 지르려는 찰나, 갑자기 그의 앞으로 무성이 불쑥 나타났다.

검첨이 사십사호의 심장을 겨누고 있었다.

"……!"

사십사호는 등골이 서늘해지는 기분에 본능적으로 몸을 뒤로 내뺐다.

검진을 구축하던 다섯 사람 중 세 명이 제자리를 이탈했다.

검진의 한쪽 옆구리가 텅 하고 열리고 말았다.

무성은 재빨리 안으로 들어가 간독을 부축했다.

"너 대체 어떻게 한 거냐?"

간독은 이 지독한 회륜검진을 탈출하는 것도 모자라 자신까지 구하려는 무성을 보고 경악하고 말았다. 남소유처럼 눈에는 불신으로 가득했다.

『남쪽 암벽. 표식은 해 뒀으니 움직여.』

"무슨……!"

간독이 무어라 소리를 지르려는 찰나, 무성을 쫓아온 칠호와 이십일호가 합공을 가해 왔다.

무성은 왼팔로는 간독을 부축하면서 오른팔로는 허공에
다 효월서광을 뿌렸다.

채채챙!

검풍은 이십일호의 공격을 저지하고, 그사이 무성의 검
은 칠호를 정면에서 받아 낸다.

삽시간에 두 명의 북명검수와 귀병 한 명이 검초를 몇 합
교환하는 형국이 되었다.

상황이 이상하고 복잡하게 얽힌다.

난감해진 것은 사십사호를 비롯한 기존에 이 자리를 지
키고 있던 북명검수들이었다.

"대체 이게 무슨 짓이냐, 칠호!"

"쫑알쫑알 시끄럽게 굴 시간 없어! 어서 놈들이나 잡아!"

사십사호는 이를 갈았다.

칠호와 이십일호 난입으로 회륜검진은 이미 형체를 잃고
찢겨졌다.

갑작스러운 무성의 등장도, 그를 쫓아온 이들의 공격도
도저히 쉽게 이해가 가지 않았다.

하지만 한 가지만은 확실했다.

무성이 간독을 구출하려 하고 있었다!

간독을 상대하느라 이미 남소유가 탈출에 성공했다는 사

실을 모르는 사십사호는 북명검수들에게 명을 내려 검진을
다시 구축하게 하려 했다.

하지만 이미 무성은 간독을 바깥으로 밀치고 있었다.

『시간 없으니 어서 움직여!』

간독은 이를 악물었다.

아주 잠깐이지만 뇌리에 강하게 박힌 한 쌍의 귀화.

무성은 정말 그를 구해 주려 하고 있었다.

'대체 어떻게 되는지는 모르겠지만……! 살 수 있다면!'

간독은 숱한 전장을 전전하며, 온갖 다양한 방식으로 삶
을 구차하게 이어왔다.

무성의 노림수는 알 수 없지만 지금은 생존이 급선무다.

그는 무성을 도와줄 생각 따윈 하지도 않고 몸을 돌려 달
아나기 시작했다. 다행히 그가 변이를 시작한 후에 가장 심
혈을 기울여 수련한 무공은 매영보였다.

칠호는 한유원과 남소유에 이어 간독까지 탈출하려 하자
화가 머리끝까지 치밀고 말았다.

"멍청한 놈들아! 어서 잡지 않고 뭐해!"

칠호는 자신들로 말미암아 간독의 탈출로를 만들어 줬단
사실을 깨닫지 못했다.

하지만 이미 벌어진 상황.

찢겨진 회륜검진이 다시 복구되는 데는 시간이 걸리기 마련이다.

더군다나 간독은 평생을 도망치며 살았던 사람이다.

결국 몇몇 북명검수들이 간독을 쫓았지만, 이미 간독은 무성이 벌어 준 시간을 틈타 저만치 도망친 후였다.

"죽여 버리겠다, 진무성!"

사십사호는 방금 전에 이십일호가 느꼈던 살의를 똑같이 고스란히 느끼며 회륜검진을 갖췄다.

무성을 쫓아온 칠호, 이십일호, 거기에 더해 사십사호를 비롯한 여섯 명의 북명검수들까지.

도합 여덟 명의 틈바구니에 둘러싸였지만, 무성은 눈 하나 깜빡하지 않았다.

'이제 남은 건 단 한 명, 대웅.'

무성은 매영보의 귀신 같은 몸놀림과 도효십이살의 매서운 검공으로 칠호와 이십일호의 공격을 간간이 튕겨 냈다.

그러면서 한편으로는 영통결을 이용, 북동쪽으로 조금 떨어진 대웅을 지켜보았다.

겁이 많던 대웅은 비교적 남소유보다도 더 압도적으로 회륜검진을 밀어붙이고 있었다. 북명검수들이 속수무책으로 당하는 분위기였다.

하지만 정작 피해는 다른 누구보다 대웅이 가장 컸다.

경험이 많은 북명검수들이 더 이상 적극적으로 공격을 하지 않았다.

대신에 계속 대웅을 움직이게 만들어 지속적으로 체력을 깎아 나갔다.

결국 대웅은 차츰차츰 움직임이 굼떠지더니 재차 공격을 감행하는 북명검수들의 칼날에 의해 하나둘씩 피를 흘리고 있었다.

저대로 두다가는 얼마 가지 않아 쓰러지고 마리라.

하지만 무성 역시 상황이 좋지는 않다.

효월서광을 터뜨려 북명검수들의 접근을 견제하면서 매영보로 계속 움직이고는 있다 하나, 차츰차츰 녀석들의 공격도 견고해지고 있었다.

이대로 있다가는 단단히 둘러싸여 봉쇄되고 만다.

더군다나 공터를 종횡무진 누비고 다니면서 공력 상당수를 쓰고 말았다.

'한 번. 단 한 번에 역전을 꾀해야 해.'

번쩍!

무성의 귀화가 번뜩였다.

"놈이 뭔가를 획책한다! 방비해!"

별안간 칠호가 놀라며 크게 소리쳤다.

이미 몇 번이고 무성의 기괴망측한 행동에 변변찮은 대항 한 번 하지 못하고 당하고 말았던 터라, 경계심이 잔뜩 들 수밖에 없었다.

하지만 이를 모르는 사십사호는 더욱 회륜검진을 이동시켜 무성을 압박해 들어갔다. 그는 이미 무성을 어떻게든 죽여야 한다는 강박 관념밖에 들어 있지 않았다.

"사십사호! 검진을 뒤로 물리란 말이야!"

칠호가 만류했으나, 어느새 회륜검진의 압박은 무성의 바로 코앞까지 닿았다.

그 순간,

'귀혼폭령(鬼魂爆靈)!'

무성은 무릎을 살짝 굽혔다가 허리를 튕기는 궁신탄영(弓身彈影)의 수법으로 단숨에 사십사호에게 달려들었다.

쐐애애액!

귀혼폭령은 매영보 중 공력을 용천혈에다 한껏 응축시켰다가 터뜨리는 순간적인 폭발력으로 단숨에 몸을 날리게 하는 초식이다.

"감히 나를! 죽어라!"

사십사호는 분기탱천하고 말았다.

한 달 전에 적성을 시험할 때까지만 해도 자신의 일격도 제대로 막아 내지 못하고 바닥을 구르며 겨우겨우 피해 내던 애송이가 아닌가.

그런데 이제는 훼방을 놓는 것으로도 모자라 직접 자신에게 일대일 정면 도발까지 하고 있다.

애송이 따위가 자신에게 이런 모욕을 주었다는 사실을 절대 참을 수 없다.

그는 빠르게 커져 가는 무성을 잡고자 가장 위력이 강한 초식을 뿌렸다.

북궁검가의 검공, 천유십검(闡幽十劍)이었다.

쉬익!

얼마나 위력이 대단한지 검압에서 이는 파공음에 등골이 서늘해질 정도였다.

방향은 우측 하단에서 좌측 상단, 대각선으로 그어지는 일격 앞에서 무성은 검과 함께 상반신이 그대로 쓸려 나갈 것 같은 착각을 받았다.

하지만 무성은 직접 공격을 받지 않았다.

몸이 나는 그대로 허리를 뒤로 살짝 눕히더니 팽이처럼 상반신을 뒤쪽으로 틀면서 검으로 땅을 때리는 게 아닌가!

쾅!

갑자기 검이 한 움큼 지면을 파고들면서 모래 기둥이 사십사호 앞으로 치솟았다.

이미 사십사호는 흥분으로 반쯤 이성이 상실한 상태라 어찌 방비할 새도 없이 천유십검으로 무성 대신에 모래 기둥을 통째로 날려 버렸다.

하지만 사십사호의 검은 모래 기둥의 중간 허리만 갈랐을 뿐.

무성은 어느새 자세를 한껏 낮춰, 검이 아슬아슬하게 정수리 위를 지나고 있었다.

모래 기둥의 나머지 부분이 힘을 잃고 자욱하게 퍼졌다.

순간 사십사호의 눈으로 먼지가 가득 들어갔다.

타닥! 쉭!

무성은 바로 그 틈을 타 몸을 다시 위로 높이 도약했다.

그리고 날리는 일격!

서걱!

"크아아아악!"

사십사호의 오른쪽 팔이 검을 든 상태 그대로 허공으로 튀었다.

무성은 껑충 뛰어오르면서 왼손으로 사십사호의 검을 낚아채고, 발로는 녀석의 다친 어깨를 세게 짓밟았다.

어깨뼈까지 으스러진다.

사십사호는 피를 토하면서 바닥에 주저앉고 말았다.

무성은 그사이 도움 발판으로 무려 사 장이나 되는 고공에 떠 있을 수 있었다.

발밑에서 칠호와 사십사호 등을 제외한 모든 북명검수들의 시선이 이쪽으로 쏠리는 것이 느껴진다.

홀로 몇 개나 되는 회륜검진을 마음껏 농락하고 남소유를 구출시켰을 뿐만 아니라 유일하게 두 명의 북명검수들을 사살했다. 거기다 실력자였던 사십사호를 전투 불능 상태로 만들었다.

이미 대웅 쪽의 북명검수들도 공격을 감행하다 말고 무성 쪽으로 시선을 돌렸다.

이번에는 또 무슨 짓을 벌일까?

그들이 경계하는 것도 무리는 아니었다.

무성은 차갑게 웃더니 왼손에 쥐고 있던 사십사호의 검을 허공에다 강하게 뿌렸다.

단전에 마지막까지 남아 있던 공력이 한껏 치고 올라와 검신에 작렬했다.

검신은 내공을 버티지 못하고 폭발했다.

퍼퍼퍼퍼펑! 슈슈슈슈슉!

수십 개로 잘게 부서진 파편이 사방으로 뿌려진다.

쇳조각이 폭우처럼 우수수 떨어졌다.

목표는 북동쪽.

대웅이 있는 방향이었다.

*　　*　　*

　　대웅은 몸을 덜덜 떨었다.

　　이전처럼 겁을 먹어서가 아니다.

　　상처를 너무 많이 입어서다.

　　오른쪽 허벅지에는 비수 세 자루가 박혔고, 왼쪽 정강이
는 깊게 도려져 핏물이 쉴 새 없이 쏟아진다. 복부와 팔뚝
은 수없이 새겨진 상처로 인해 피로 도배하다시피 했다.

　　특히나 왼쪽 허리춤에는 절반가량 부러진 검의 파편이
박혀 내장이 언뜻 드러났다.

　　두 눈은 흉광으로 번뜩였다. 분명 겁이 많고 순하기만 하
던 자였건만.

　　"크르르르르!"

　　살짝 벌어진 입술 사이로 짐승의 가래 끓는 포효가 흘러
나왔다.

　　이십구호(二十九號)는 잔뜩 긴장했다.

　　'소가주께서 괴물이라 하시더니…… 정말이었어.'

　　처음 북궁민이 대웅을 귀병에 가담시키겠다고 밝혔을 때
만 해도 반신반의 했었다. 덩치만 컸을 뿐 겁 많고 말도 못
하는 벙어리가 무슨 소용이 있겠냐는 뜻에서였다.

회륜검진으로 대웅을 압박할 때까지만 해도 쉽게 잡을 수 있겠다고 생각했다.

그런데 대웅의 눈빛이 달라지는 순간, 달라졌다.

갑자기 예상치도 못한 무지막지한 기파를 터뜨리며 검진을 한 차례 흔들더니, 별다른 무기도 없이 북명검수들을 상대하려는 것이 아닌가!

그의 허리춤에 검을 박았던 십칠호(十七號)는 주먹 한 방에 안면이 터져 나갔다.

앞길을 막아서던 이십호(二十號)는 오른쪽 어깨가 기이한 방향으로 구부러졌고, 삼십삼호(三十三號)는 단순한 발차기에 하체가 으스러졌다.

대웅은 자신의 몸에 상처 따위는 얼마든지 생겨도 아랑곳하지 않고 검진을 파훼하는 데만 몰두했다.

쿵! 쿵! 쿵!

발을 움직일 때마다 땅바닥에 깊은 족흔이 새겨지고 지축이 흔들린다.

마치 뿔이 단단히 난 황소가 돌진을 한 듯이 회륜검진을 몰아붙이기까지 한다.

더군다나 대웅이 익힌 무공은 둔갑조공.

외공 하나만으로 금강불괴(金剛不壞)를 이뤄 신주삼십육성이 된 외경거마(外境巨魔)의 무공이다. 대웅과는 너무나 상성이 잘 맞아 웬만한 공격은 쉽게 튕겨 냈다.

사실상 대웅이 입은 상처도 대부분 피륙이 긁힌 것일 뿐, 깊은 상처는 많지 않았다.

그러나 제아무리 대단한 철옹성도 계속 공격을 가하다보면 허물어지기 마련.

대웅을 상대하는데 어느 정도 요령이 생긴 후부터는 체력을 소비하는 방향으로 이끌며 하나둘씩 공격을 박아 넣어 유리한 쪽으로 끌어냈다.

이제…… 녀석이 날뛰는 것도 얼마 남지 않았다.

'사십사호 쪽이 조금 소란스러운 것 같지만 놈을 잡고 도와주면 되겠지.'

이십구호는 괴물을 잡겠다는 일념 하에 수하들과 눈빛으로 의사를 교환하며 맹륜을 펼치려 했다.

그러다 인상을 살짝 찌푸렸다.

방금 전까지 자신들을 보며 씩씩거리던 대웅이 허공을 바라보는 것이 아닌가?

"이십구호! 검진을 뒤로 물려라!"

노심에 찬 칠호의 소리가 쩌렁쩌렁하게 울린다.

"무슨……?"

이십구호의 얼굴이 자연스럽게 뒤로 돌아가는 순간,

"……!"

이십구호는 경악하고 말았다.

아니, 북명검수들 모두의 눈이 커지고 말았다.

정체를 알 수 없는 쇳조각 수십 개가 소나기처럼 쏟아지며 시야를 빼곡하게 물들이고 있었다.

피하라는 말을 할 겨를 따윈 없었다.

따다다당!

퍽! 퍼퍼퍽!

이십구호는 가까스로 검면으로 자신을 덮치는 파편을 모두 튕겨낼 수 있었다.

하지만 다른 북명검수들은 그러지 못했다.

이미 대웅과의 전투로 인해 피로가 극에 달한 상황. 더 더군다나 부상이 극심했던 이들은 쇳조각을 튕겨낼 겨를도 없이 고스란히 뒤집어쓰고 말았다.

쇳조각이 가진 힘은 실로 대단했다.

북명검수의 육신이 그 자리에서 터져 나갔다.

찢겨진 육편과 사지가 허공으로 떠오른다. 너덜너덜해진 시신이 바닥을 뒹굴며 금세 바닥을 피 웅덩이로 만들어 버렸다.

'검진이……!'

이십구호는 붉은 꽃이 만발하는 걸 지켜볼 수밖에 없었다.

쇳조각을 다수 튕겨 내긴 했으나 일부는 노출되어 얻어맞고 말았다. 거기다 검신을 따라 찌르르 울리는 통증은 골을 흔들 정도로 정신이 아찔해질 정도였다.

폭풍우가 휩쓸고 지나간 자리는 폐허만이 남았다.

"이대로는…… 안 되는……! 컥!"

이십구호가 가까스로 몸을 수습하며 움직이려 했으나, 어느덧 큼지막한 손바닥이 얼굴을 덮쳐 왔다.

퍽!

대웅의 일격에 그의 머리가 터져 나갔다.

"크르르르!"

대웅은 무성이 있는 곳을 보다가 남쪽으로 달렸다.

바닥에는 너덜너덜하게 찢겨져 형체조차 알 수 없는 시신 여섯 구만이 아무렇게나 널브러져 있었다.

＊　　＊　　＊

"팔비관청? 아니, 파산검훼(破散劍毁)인가?"

"도효의 효월서광으로 여겨집니다."

"서로 다른 살공 기예 두 개를 섞어 그것을 무공으로 풀어낸다? 하하하하! 정말이지 대단한 놈이야!"

북궁민은 손바닥으로 허벅지를 '탁!' 하고 내리쳤다.

가문에서 오랜 심혈을 기울여 탄생시킨 북명검수들이 죽어나가는 것에 신경 쓰지 않았다.

오로지 귀병의 탄생, 무성의 재능에 탄복했다.

발전이 늦었던 무성에 대한 지난 실망이 이번 한 번에 싹 사라졌다.

"아무리 변이를 겪었다지만 이렇게나 큰 차이를 보일 줄이야! 과연 부(副)가 아닌 주(主)가 정답이었나?"

귀병과 마찬가지로 북명검수도 곤호심법을 익혔다.

하지만 방식이 다르다.

북명검수는 기존 북궁검가의 무공에 더하는 부무공으로 익혔다.

그러나 귀병은 곤호심법을 주무공으로 삼아 몸의 기틀을 닦고, 육전검과 매영보라는 수식을 통해 이법을 시행했다.

덕분에 결과는 크게 달라지고 말았다.

변이.

이법을 통한 신체의 변화 중 첫 단계를 갓 겪었는데도 불구하고 북명검수들을 잡아내는 힘을 선보인 것이다.

"하지만 꼭 그렇다고 장담할 수는 없습니다. 분명 진무성이 보인 결과가 대단한 것이라고는 하나, 실제 생사결에서는 절대 북명검수를 당해낼 수 없습니다. 그가 이토록 큰 결과를 보인 것은 탁월한 임기응변과 도효십이살이라는 무공이 너무나 잘 맞았기 때문입니다."

"그렇다 해도 기대했던 것보다는 큰 성과지. 앞으로 대업 이후, 귀병 양성에 있어서도 큰 자료가 될 것이고."

유상도 여기에 대해서는 반박하지 않았다.

북명검수는 북궁검가의 정예라고는 하나, 실상 가문에서 키우는 여러 부대 중 하나에 불과하다.

더군다나 북명검수는 이법을 연구하려 만든 조직.

이를테면 초창기 기수의 귀병이라 할 수 있다.

실험이 끝나면 폐기 처분하는 것은 당연한 수순이다.

북궁민은 한결 여유로워진 모습으로 다시 관망했다.

"그럼 앞으로 귀병들이 어떻게 북명검수를 잡아먹을지 즐거운 마음으로 지켜보자고."

＊　　　＊　　　＊

"이놈……! 진무성……!"

칠호는 검병을 단단히 움켜쥐었다. 이가 바득 갈렸다.

귀병들의 저항이 만만치 않을 거란 예상은 했었다.

다른 사람도 아니고 북궁민이 강남 일대를 떠돌며 특별히 모은 인재들이니까.

하지만 단 하루 만에 열 명, 전체 북명검수 중 삼분지 일이 죽어버릴 줄은 몰랐다.

특히 그중 여덟 명은 한 놈에게 당했다.

진무성.

자신이 직접 무공을 전수해 준 놈에게.

탁!

무성은 땅에 가볍게 착지했다.

고개를 치켜든다. 귀화가 주변을 훑어본다.

사십사호를 비롯해 아홉이나 되는 북명검수들은 섣불리 움직이지 못했다. 무성이 또다시 어떤 계책을 부릴 줄 모르기에.

오로지 칠호만이 앞으로 나섰다.

"내공을 다 썼군."

칠호는 무성을 줄곧 옆에서 지켜봐 왔기에 무성의 상태가 좋지 않음을 간파했다.

호흡이 흔들린다. 어깨가 떨린다.

체력이 다하고 공력이 고갈되었다는 뜻이다.

그런데도 쓰러지지 않고 꿋꿋하게 서 있는 것은 정신력으로 버티고 있다는 뜻이다.

"그래서?"

무성은 뭐가 잘못되었냐는 듯이 투로 반문했다.

입꼬리가 말려 올라간다. 귀화가 활활 타오른다. 덤빌 테면 덤벼보라는 뜻이다.

도발이다.

죽은 사호 녀석이 가르친 가장 짜증 나는 버릇이었다.

"죽여주마."

칠호가 검을 앞으로 겨누었다. 다섯 걸음이면 놈의 심장에다 칼을 꽂을 수 있으리라.

다른 북명검수들도 뒤늦게 무성의 상태가 좋지 않다는 것을 간파하고 간격을 좁히기 시작했다. 특히나 한쪽 팔을 잃은 사십사호의 살의가 가장 짙었다.

"이미 늦었어."

"뭐?"

"공격을 하려면 내려오기 전에 진작 끝냈어야지."

무성의 입술 끝이 말려 올라간다.

녀석의 얼굴 앞으로 미처 대웅 쪽으로 날아들지 못했던 쇳조각 하나가 힘없이 툭 하고 떨어졌다.

북명검수들은 일제히 쇳조각이 일으켰던 엄청난 위력이 떠올라 재빨리 간격을 벌렸다.

칠호만이 무성의 은신술이 뛰어나다는 것을 간파, 제지하려 홀로 달려들었다.

퍼—엉!

쇳조각이 지면과 충돌하자 먼지구름이 일어난다. 동시에

먼지를 가르며 비수가 날아들었다.

쉭! 퍽!

"크아아아악!"

칠호는 고개를 틀었으나, 비수는 왼쪽 눈에 박혔다.

먼지구름이 걷힌 자리에 이미 무성은 없었다.

"칠호! 누, 눈이……!"

"아무 말도 마라!"

북명검수들이 놀라 경악을 지른다.

칠호는 소리를 버럭 질러 그들의 입을 모조리 막아 버리고, 오른손을 눈에 가져가 비수를 뽑았다.

골이 타들어 가는 고통.

비수 끝에는 잘게 으깨진 눈동자가 걸렸다.

칠호는 방금 전까지 자신의 왼쪽 눈이었던 것을 잠시 내려 보더니 지체 없이 입에 가져갔다.

우둑! 우두둑!

"죽여 버리겠다! 진무성……!"

눈알을 씹어 먹는 그.

오른쪽 눈은 무성과 같은 귀화로 타올랐다.

第七章

귀병(鬼兵)

팔호는 차가운 눈빛으로 암벽 지대를 노려보았다.

"과연 이미 이 정도의 예측은 미리 해 뒀단 건가?"

병풍처럼 높다랗게 선 천장 단애.

능선 하나 없이 직각으로 깎아지른 절벽이 마치 수천 년을 먹은 고목처럼 줄지어 서 있어 아찔하다.

이곳은 팔호 등이 한유원에게 강론을 했던 장소다.

확실히 한유원에게는 아주 익숙한 장소일 터. 이곳의 구조는 녀석의 머릿속에 다 들어 있다고 봐야 한다.

"대체 여기서 뭘 하는 겐가, 팔호?"

그때 뒤쪽에서 십구호가 나타났다.

잔뜩 일그러진 얼굴을 한 그의 뒤편으로는 밀림을 수색했던 북명검수들이 서 있었다. 모두 허탕만 치다가 한유원이 있을 것 같은 장소로 온 것이리라.

"한유원을 찾고 있지."

"그자가 여기에 있단 말인가?"

십구호의 눈이 차가운 광망을 뿌렸다.

"아마도."

"그런데 여기서 뭘 하나?"

"어디에 있는지 종적을 찾을 수 없어서."

"멍청하긴. 그런 건 직접 찾아야지."

십구호는 북명검수들과 눈빛으로 의사를 교환하더니 일제히 절벽 쪽으로 몸을 날렸다.

타다닥!

가벼운 벽호공(壁虎功)과 함께 아홉 사람이 일제히 절벽을 발로 차며 오르기 시작했다.

바로 그 순간,

화르륵! 쿠쿠쿠!

갑자기 절벽 끝에서 사람 크기만 한 바위가 절벽을 타고 떨어지기 시작했다. 거기다 바위는 거친 화염에 휩싸여 있었다. 십구호의 안색이 창백해졌다.

"모두 피해!"

팟! 파밧!

이미 지상에서 상당한 거리를 벗어났지만 낙석에 휘말리게 되면 살아날 가능성도 전무하다.

십구호와 북명검수들은 일제히 절벽을 발로 차며 허공으로 몸을 던졌다.

퓨퓨퓨—풋!

하지만 공격은 거기서 그치지 않았다. 역시나 절벽 끝에서 무언가가 소나기처럼 떨어졌다. 쇠 화살. 강전(剛箭)이 날아들며 귀신같이 북명검수들에게 꽂혔다.

북명검수들은 재주껏 피하거나 검을 휘둘러 강전을 튕겨냈다. 하지만 가장 위에서 움직이던 북명검수는 바위를 겨우 피해 강전을 막을 겨를이 없어 오른쪽 가슴팍에 강전을 허락하고 말았다.

퍽!

바닥에 겨우 착지했을 때 강전에 박힌 북명검수는 균형을 잡지 못하고 머리부터 떨어져 버렸다.

목이 기이한 방향으로 꺾여 바로 절명했다.

"이이……!"

어이없이 북명검수 하나를 잃고 말았다.

십구호가 분기탱천한 눈빛으로 절벽 쪽을 노려보았다.

하지만 곧 익숙한 얼굴 네 개가 보이자 인상을 굳혔다.

머리통만 한 노(弩)를 아래로 겨누고 있는 남소유, 간독, 대웅.

그리고 조용히 미소를 지으며 내려다보는 한유원.

"저놈들이 어떻게 전부 저곳에……?"

십구호가 팔호를 돌아보았다.

팔호는 어깨를 으쓱거렸다.

"나도 모르지. 하지만 확실한 건 칠호가 실패했다는 것. 그리고 한유원이 저기 있으니 이미 준비까지 갖췄겠지."

병법에 있어서 한유원은 최고를 자랑한다.

그가 자리를 잡은 곳이 곧 요새다. 결국 팔호와 십구호는 한참이나 그들을 노려보다가 이내 몸을 반대로 돌렸다.

"돌아간다. 놈들을 공략할 방법을 따로 모색해야 해."

북명검수들은 죽은 동료의 시신을 수습하고 자리를 벗어나기 시작했다.

한유원 등도 굳이 그들의 뒤를 공격하진 않았다.

* * *

"떠났나?"

간독은 벼랑 끝에 아슬아슬하게 서서 아래를 굽어다 보다 곧 북명검수들이 보이지 않자 희희낙락했다.

이미 다 죽었다고 생각했던 차가 아닌가.

그런데 이렇게 살 길을 얻은 것으로도 모자라 적이 쉽게 침범할 수 없는 거주지까지 얻었다.

하늘을 다 얻은 기분이었다.

"대체 이런 건 다 언제 준비한 거냐?"

간독은 다시 여유를 되찾자 입꼬리를 말아 올렸다. 두 눈에서는 광기가 번뜩였다.

한유원은 그가 처음에 만나 부하처럼 부렸던 자다.

당연히 한유원이 만든 이곳도 자신의 것처럼 여겨졌다.

만약 반항한다면 힘으로 눌러 버릴 심산이다.

그런데 한유원은 겁을 먹기는커녕 도리어 엷은 미소를 폈다. 하체도 없는 병신 따위가 바위에 앉아 고개를 끄덕인다.

마치 그럴 줄 알았다는 듯한 눈빛이다.

간독은 울컥한 나머지 성큼성큼 앞으로 나서서 한유원에게로 손을 뻗었다.

하지만 그 전에 날카로운 무언가가 턱밑에 드리웠다.

둔탁한 대검 한 자루가 날을 번뜩인다.

"왜…… 이러는 거요?"

간독은 식은땀을 흘리며 억지로 웃었다.

하지만 대검의 주인, 남소유는 차갑게 눈을 빛내며 당장에라도 간독의 목을 쳐버릴 것처럼 크게 으르렁거렸다.

"이분은 나의 은인이야. 무례하게 굴지 마."

"……."

간독은 이를 악물었다.

'그냥 확 제껴 버려?'

온갖 생각이 다 든다.

사십사호 등에게 죽을 뻔하긴 했지만 그 후 도망치면서 충분히 휴식을 취했다. 곤호심법은 피로를 쫓는 데도 탁월한 효능을 지녔다.

반면에 남소유는 여전히 지친 기색이 역력하다.

입술에는 단내가 흘러나오고 눈빛도 살짝 떨린다. 특히 대검에 실린 힘이 예전 같지 않다. 내상을 입었다는 증거다.

변이를 하기 전이라면 모르되, 지금은 간독 자신도 대단한 힘을 지니고 있다.

잘만 하면 남소유를 제압할 수도 있을 것 같다.

'그러고 보니 이년, 내가 본 년들 중에서 제일 예쁘잖아?'

간독은 심연 한 편에 꿍쳐 두었던 탐심을 되찾았다.

가녀린 어깨. 설원을 연상케 하는 새하얀 살결. 호수를 닮은 눈동자. 긴 속눈썹. 깨물고 싶은 입술. 수려한 곡선을 그리는 몸매.

거기다 도도한 눈매는 꺾어 버리고 싶다는 강한 충동을 일게 만들었다.

여기서 남소유를 취하고 한유원을 제압해 요새를 자신의 것으로 삼는다?

확실히 이곳을 잘만 이용한다면 북명검수와의 싸움에서 유리한 고점을 차지할 수 있다.

하지만 변수는 어디에나 있기 마련이다.

한쪽 구석에서 가만히 웅크리고 앉아 자신을 노려보는 눈길이 있다.

대웅이다.

분명 예전에는 겁 많고 말 못하는 병신이었는데 지금은 이상하게 무시무시한 기세를 뿜어낸다.

황소나 들소 같다. 여기서 더 자극을 하면 폭발해 자신을 쳐버릴 것만 같다.

더군다나 가장 마음에 걸리는 점은 대웅이 뒤집어쓴 피다.

상처에서 흘러내린 것이 아니라 몸뚱어리 위로 그냥 뿌려진 피다. 자신의 피가 아닌 타인의 피란 뜻이었다.

홀로 회륜검진을 거의 격파했다는 뜻이 아닌가.

그런 무시무시한 녀석까지 한유원 쪽에 섰다.

자칫 싸움이 벌어지면 크게 휘말릴 수도 있다.

대웅을 어떻게 막는다 해도 남소유가 빈틈을 노려 공격을 감행한다면 자신의 필패다.

이쯤 되니 간독은 머리가 아팠다.

'한 달 동안 대체 무슨 일이 있었던 거지?'

간독은 자신이 한 달 간 달라졌던 것처럼 이들도 모두 이전과 같은 사람으로 여겨서는 안 된다는 걸 깨달았다.

결국 그는 자세를 풀고 배시시 웃었다.

"다들 예민하게 왜 이러시나? 난 어디까지나 잘 지내보자는 뜻에서 한 씨에게 악수를 청하려던 중인데. 안 그런가?"

남소유와 대웅의 시선이 저절로 한유원에게로 쏠린다.

한유원은 엷은 미소를 띠고서 고개를 끄덕였다.

"그래. 앞으로 예전에 있었던 일들은 모두 버리고 잘 지내 봄세."

한유원이 손을 허공에다 뻗는다.

간독은 자신과 맞먹으려는 녀석의 태도에 한쪽 눈썹이 꿈틀거렸지만 끝까지 웃음을 잃지 않았다.

악수를 한다. 손에 힘이 실린다.

눈과 눈이 마주친다.

살짝 열린 눈가 사이로 광기를 번뜩였다.

이 이상 기어오르면 죽여 버리겠다는 눈빛.

한유원은 눈치가 빠른 자이니 금세 알아차렸을 것이다.

하지만 한유원은 여전히 속내를 짐작할 수 없는 얼굴로 있기만 했다.

간독의 마음속에 마지막 갈등이 흐르는 그때,

"모두 여기에 모이셨군요."

어린 음성 하나가 뒤쪽에서 들린다.

담담한 말투다. 그러나 간독은 도리어 허리에 힘이 쭈뼛섰다.

'그래, 이 목소리야! 내가 제일 우려했던 것!'

가장 뛰어난 무력을 지닌 남소유도, 무슨 비밀을 지닌 것 같은 대웅도, 머릿속에 수많은 병법을 담고 있는 한유원도 사실 크게 무섭지 않다.

간독, 자신 역시 이제 머리면 머리, 힘이면 힘, 실력이면 실력을 모두 얻었다 생각했으니.

하지만 아직 이놈은 모르겠다.

분명 무력은 남소유에 비해 한참이나 처진다. 비밀이랄 것도 없다. 그냥 누이의 복수를 하려는 살인범에 불과하다. 머리도 제법 영특한 것 같지만 한유원에 비할 바는 못 된다.

그런데도 녀석은 아무도 못 해낸 것을 이뤘다.

홀로 북명검수들의 추격을 따돌릴 뿐만 아니라 회륜검진에다 훼방을 놓고, 나아가 귀병 모두를 구출하며 유유히 탈출까지 성공했다.

고개를 돌리니 한 쌍의 귀화가 절벽 끝에 둥둥 떠 있었다.

한유원이 웃으며 그를 환영했다.

"왔나, 무성?"

간독은 재빨리 한유원과의 악수를 풀었다.

혁대 뒤쪽으로 가져갔던 왼손은 땀으로 흠뻑 젖어 있었다.

철컥!

무성은 방금 전까지 북명검수들 사이를 종횡무진 누비던 검을 조용히 납검했다.

'방금 전 그 망설임이 당신을 살린 거야, 간독.'

사실 무성은 한참 전부터 절벽에 도착해 있었다.

하지만 그는 귀병들의 속마음을 확인해 보고 싶었다.

대체 어떤 반응을 보일 것인가?

위기로부터 구명을 받았다. 안전한 장소도 제공 받았다. 더 이상 공격은 걱정하지 않아도 된다. 또한, 같이 있는 자들은 모두 진이 다 빠지고, 주인도 힘이 없다.

여유가 생기면 다른 생각이 들기 마련이다.

여기서 그들은 은혜를 갚을 것인가, 아니면 반대로 원한으로 갚을까?

남소유와 대웅은 전자를 선택했다.

남소유는 은(恩)을 말했다. 그녀가 보이는 자세로 보건대, 아마도 그녀는 협을 지향하는 어느 명문(名門)이나 대가(大家)의 출신일 것이다.

대웅은 말은 하지 않았지만 고마움을 표했다. 피를 보고 미쳐 날뛰긴 했으나, 처음 봤던 대로 원래 성정이 순수하단 뜻이다.

하지만 간독은 정반대였다.

그는 철저하게 계산을 했다.

은혜? 보은?

그것이 다 무슨 소용인가.

녀석은 오로지 자신의 안위만을 걱정한다. 남들 따윈 아랑 곳하지 않고 자신에게 유리한 지점을 간파한다.

어쩌면 그것은 본능에 가까울지도 모른다. 아주 마지막 순 간까지 갈등을 하다가 발을 뒤로 빼버렸으니.

이런 자를 다루는 방법은 하나밖에 없다.

'도무지 간파할 수 없는 사람이 옆에 있어야 해. 두려움을 부르게 만드는 사람.'

그래서 무성은 스스로 그런 사람이 되었다.

간독에게 강한 인상을 박기 위해 일부러 화려한 등장을 보 였으며 무리해서 북명검수들을 몰아쳤다. 또한, 마지막 순간 에 등장해 간독의 갈등을 강제로 꺾어 버렸다.

심기(心機)다.

이미 무성은 간독과의 싸움에서 마음부터 잡아먹고 들어 갔다.

이제부터 간독은 철저히 무성만을 경계하리라.

다른 꿍꿍이는 일체하지 못하고 무성을 젖힐 수 있는 방법만을 모색할 것이다.

덕분에 무성은 피곤해질 테지만, 한유원을 비롯한 다른 세 사람은 간독의 마수로부터 벗어나 안전해질 수 있었다.

『나를 미끼로 써서 시험하다니. 너무하는구만.』

『죄송합니다. 그래도 무슨 일이 있으면 바로 나서려 했습니다.』

『잘 알고 있네. 여하튼 잘했어. 정말 잘했어.』

한유원은 무성의 의도를 단번에 간파하고 칭찬했다.

무성은 살짝 고개를 끄덕이며 감사의 뜻을 표하며 천천히 귀병들에게로 다가섰다.

간독은 흠칫 놀라 살짝 뒤로 물러선다. 대웅은 어느덧 살의와 투기를 모두 걷고 순박한 눈매로 돌아가 멀뚱한 시선으로 무성을 보았다.

남소유만이 묵묵한 시선으로 무성을 보았다.

온갖 다양한 감정들이 교차한다.

호의, 불신, 의심, 안심…… 상반된 생각이 뒤섞인다.

무성은 저도 모르게 살짝 웃고 말았다.

이토록 대놓고 자신의 감정을 밖으로 내보이다니. 크게 내색하지 않아도 눈치가 빠른 사람들은 저런 변화를 금세 알아챈다.

그녀도 읽는 법을 배웠을 건데, 따로 숨기는 법은 터득하지 못한 걸까?

'어쩌면 보기보다 순진한 사람일지도.'

하지만 남소유는 그런 무성의 미소가 전혀 다르게 받아들였나 보다.

인상을 딱딱하게 굳히며 물었다.

"이제 여쭈어도 되겠죠? 왜 우리들을 구하신 거죠?"

"이곳은 험난한 밀림입니다. 약한 자는 잡아먹히고 강한 자만이 살아남는…… 약한 자가 살아남기 위해서는 약한 이들끼리 뭉쳐서 힘을 합쳐야 하지요."

이미 귀병들 모두가 예상했던 말이다. 또한, 이곳에 와서 한유원에게 대충 들었던 설명이기도 했다.

"좋아요. 어차피 이법의 공능을 모두 취하려면 두 달이 꼬박 필요할 테니 그동안 손을 잡는 것은 찬성이에요."

'이법? 공능?'

무성은 알 수 없는 말을 들었지만 내색하지 않았다.

"그럼 앞으로 우리가 할 일이 뭐죠? 당신과 손을 잡기만 하면 되나요?"

"아뇨. 한 가지가 더 필요합니다."

"뭐가 필요하죠?"

"제 수하가 되십시오."

남소유의 표정이 딱딱하게 변했다.

"결국 그것이 목적이었나요? 사람들을 이용하는 것?"

손을 검병에 가져가며 자세를 낮춘다.

수많은 감정의 편린으로 뒤섞이던 두 눈은 이제 단 한 가지 감정만을 담고 있다.

경멸.

무성은 그 속에서 짙은 회의를 느꼈다.

'정말이지 짐작하기가 너무 쉬운 사람이야.'

사호가 가르친 읽는 법은 상대의 무위, 감정, 성격뿐만 아니라 과거사까지 대충이나마 짐작할 수 있게 해 준다.

아마 남소유는 '이용당한다'는 사실에 대해 아주 큰 경멸을 가진 듯하다.

수동적이고, 억압적이고, 자유가 구속된 삶.

'그런 사람이 북궁검가의 병기인 귀병으로 자처해서 들어오다니.'

남소유에 대한 파악이 끝났으면 대화도 거기에 맞춰 진행해야 한다.

무성은 묵묵히 고개를 끄덕였다.

"뭐가 잘못되었습니까?"

"당신……!"

"위험에 잠겼던 그쪽을 구해 주고 거주지까지 마련해 주었습니다. 구명(求命)의 은(恩)을 이야기하지는 않겠습니다. 하지만 저희들의 지시를 따르기 싫으시다면 즉시 이곳을 나가주십시오."

"……!"

"한 숙부님과 저는 결코 협사 따위가 아닙니다. 살아남기 위해서는 무슨 일이든지 저질러야 합니다. 절대 계산이 없는 행동 따위 있을 수 없죠."

무성은 잠시 숨을 고르고 말을 이었다.

"그런데 만약 여기서 당신들이 예기치 않은 돌발적인 행동을 보인다면? 그때는 그쪽은 물론 저도 위험해집니다. 안전을 위해서라면 행동에 제약을 걸어야 합니다."

"그럼 단순히 그래달라고 부탁만 해도 될……!"

"부탁이요? 당신이나 여기에 있는 분들 중 단순히 부탁을 들어줄 사람이 있습니까? 말했지만 이건 제 목숨이 걸린 일입니다. 제 명을 따라줄 생각이 없으시다면 나가주십시오."

"……"

남소유는 아랫입술을 꾹 깨물더니 잠시간 아무 말도 하지 않았다.

손은 검병을 꽉 쥐었지만 검을 뽑지는 않는다.

눈빛이 흔들린다.

어깨도 부르르 떨린다.

고민을 하는 기색이 역력하다.

무성은 윽박지르거나 결정을 재촉하지 않았다.

지금은 고민할 수 있도록. 그녀가 스스로 생각하고 판단할 수 있도록 만들어야 했다.

그래야 어떤 결정을 내려도 후회하지 않을 테니.

'대체 이 소년, 뭐야?'

남소유는 이를 악물었다. 사부의 죽음 이후, 참회동에 갇혔을 때에 느꼈던 것과 비슷한 갈등이다.

사문을 등지는 일과 비교할 바는 아닌 듯하다.

하지만 그녀는 본능적으로 이 아주 간단해 보이는 선택 하나가 앞으로 자신의 행보에 큰 변화를 가져다 줄 것이란 생각이 강하게 들었다.

분명 여기서 나가도 상관은 없다. 방금 전에는 회륜검진에 갇혀 옴짝달싹하지 못했지만, 지금은 암벽에 몸을 숨기면 충분히 나머지 변이를 습득할 수 있는 시간을 벌 수 있다.

그 후에는 간간이 모습을 드러내 북명검수들을 차례대로 제거하기만 하면 된다.

회륜검진이 발동되지 않는 이상에야 북명검수 따위 그녀의 적수가 되지 못한다.

확실히 그것이 그녀가 바라던 일이기도 하다.

홀로 왔다가 홀로 강해져 사라진다.

무신 암살에 대한 계약만 지켜주면 그녀는 자유다. 다른 귀병 따윈 신경 쓰지 않아도 되는 것이다.

하지만,

'절대 그래서는 안 될 것 같아.'

이것이 가장 큰 문제다.

알 수 없는 불안감이 그녀의 발목을 잡았다.

정말 이 자리를 떠도 되는 걸까?

그렇게 해도 후회는 없을까? 잘못된 점이 없을까? 뭔가 놓치고 있는 점은 없을까? 실수는 아닐까?

귀화. 소년, 무성의 눈이 그녀를 움직이지 못하게 만든다.

강렬한 눈빛이 뇌리에 꽂혀 머릿속을 새하얗게 만든다. 살짝 낮은 중저음의 목소리가 그의 말을 따를 수밖에 없게 만든다.

신뢰를 만든다.

'대체 무엇이? 나보다 세 살이나 어린아이인데?'

얼굴도 앳되다.

하지만 거기서 풍기는 기품이나 위세는…… 절대 그 또래의 나이대로 보이지 않는다.

여러 일을 겪었다고 하더니 노회한 사람 같다.

사문의 정점에 서서 자신의 일거수일투족을 내려다보던 방장(方丈)도 이러지 않았던 것 같은데.

아니다.

무성은 다른 방식으로 노회했다.

'사부……'

남소유는 돌아가신 스승을 잠시 떠올렸다.

처음 무성이 자신을 구하러 왔을 때 등을 보았을 때도 느꼈지만, 나이에 어울리지 않게 크다. 마치 사부의 등을 보는 것처럼 듬직하다.

그렇다. 무성이 주는 신뢰는 여기서 비롯된다.

겉으로는 철저하게 계산을 하자 말을 하지만, 그 속에는 짙은 염려와 함께 확신이 숨어 있다.

그렇다고 해서 강제는 하지 않는다. 어디까지나 결정은 상대가 내리도록 만든다. 이 또한…… 사부와 너무나 비슷하다.

"너는 여인의 몸이다. 그리고 나는 여인을 일제 금하는
소림의 승려. 그런데도 따르겠노라 하겠다면 기회를 주
마. 단, 결정은 네가 내린 것이니 훗날 후회도 모두 너의
몫이다."

너무나 딱딱한 말투였지만, 그 속에 숨었던 짙은 걱정과 관심을 읽지 않았던가.

'사부를 따를까, 따르지 말까. 이 소년과 함께할까, 하지 말까. 너무나 똑같아.'

스스로의 발로 참회동을 나와 사문을 등졌을 때.

귀병이 되겠다고 했을 때.

그때와 똑같이 갈등의 기로에 섰다.

이 소년과 함께한다는 것은 단순한 북명검수에 적대하는 연합을 구축하는 것만이 아니다. 전혀 새로운 세계가, 보지 못했던 세상이 열릴 것 같다는 생각이 강하게 들었다.

"나는……."

남소유는 고민 끝에 살짝 입을 열었다.

"따르겠어요."

'우선 한 명.'

무성은 담담히 고개를 끄덕였다.

"다른 사람들은?"

"집주인이 하라고 하면 해야지. 다른 선택이 뭐 있겠나? 이대로 나갔다가 개죽음 당할 생각은 없어."

간독은 자리에 털썩 주저앉았다.

"이제 뭐라고 하면 되나? 주인? 주군? 주공?"

비꼬는 언사가 다분하다.

"그냥 집주인으로 충분합니다. 대웅은 어쩌시겠습니까?

대웅은 방금 전까지 흉포한 투기는 사라지고 없고 다시 순박한 눈이 되어 고개를 크게 끄덕였다. 피를 뒤집어쓴 몰골로 그러는 것이 조금 이상했다.

그래도 무성을 보는 눈에는 순수한 호의로 가득했다.

'남소유와 대웅. 두 사람은 이곳과 어울리지 않는 사람들이야. 반면에 간독은 여전히 다른 꿍꿍이를 지닌 듯하고. 한동안 잠을 잘 때 조심해야겠어.'

남소유가 입을 열었다.

"모두 결정되었군요. 하면 이제 뭘 하면 되는 거죠?"

"세 가지 수칙을 지켜주십시오."

무성이 손가락 세 개를 펴보였다.

"세 가지?"

"첫째, 절대 우리들 사이에 내분이 없어야 할 것. 둘째, 각자 주어진 임무에 충실할 것. 마지막으로 자시 때마다 한곳에 모여 반 시진 정도 이야기를 나눌 것."

"대……화요?"

"생각보다 규율이 적어 좋긴 한데, 그건 또 무슨 소리지?"

남소유와 간독이 영문을 몰라 고개를 갸웃거렸다. 대웅도 눈을 크게 끔뻑거렸다.

"간단합니다. 앞으로 자시 경마다 모여서 이야기를 나눌 겁니다. 주제나 화제는 아무래도 좋습니다. 그냥 시답지 않은 이야깃거리나, 자신이 살아온 인생, 혹은 앞으로의 향방에 대한 의견 제시나, 불만 사항을 이야기해도 됩니다."

"......?"

"......?"

여전히 두 사람은 영문을 모르겠다는 눈치였다.

이곳을 지키며 북명검수들을 상대할 작전을 짜는 쪽에 인력을 돌릴 줄 알았는데, 왜 그런 게 필요한 걸까?

거기다 불만 사항이 있으면 허심탄회하게 이야기하라고 한다. 이건 앞서 말한 것과 다르게 상명하복 체계가 아니다.

하지만 무성은 말없이 웃기만 할 뿐 그들의 의문을 풀어주지는 않았다.

그저 뒤쪽에서 말없이 자신을 지켜보고 있는 한유원과 의미심장한 눈빛을 주고받을 뿐이었다.

"무슨 생각인지는 모르겠지만 그래도 시키는 것은 다 한다고 했으니 따르도록 하지. 하면 나는 뭘 하면 되는 거지?"

간독은 손으로 엉덩이를 털더니 자리에서 일어났다.

"이곳을 만든 건 한 숙부님이시니 숙부님의 지시를 따르면 됩니다."

간독은 인상을 살짝 찡그렸다.

여태 무시하기만 했던 자에게 명령을 받게 생겼으니 영 못마땅한 눈치다.

하지만 그는 반발하지 않고 묵묵히 한유원에게로 걸어갔다. 남소유와 대웅도 터덜터덜 그 뒤를 따랐다.

세 사람이 각자 맡은 임무를 수행하기 위해 절벽 각지로 흩어졌다.

절벽 끝에는 무성과 한유원만 남았다.

"모두 뜻한 대로 잘 풀렸군."

"이제 시작일 뿐이지요. 한데, 대체 이런 곳은 어떻게 만드신 겁니까?"

한유원의 근처에도 항상 북명검수들이 있었을 거다.

그런데 대체 어느 사이에 절벽 하나를 통째로 요새로 만들었단 말인가. 북명검수들도 함부로 오르지 못하는 요새를.

"말하지 않았나? 자네와는 달리 시간이 많았다고."

한유원은 미소를 짓다가 살짝 인상을 굳혔다.

"앞으로 북명검수들, 아니, 북궁검가와 북궁민의 감시가 심해질 걸세."

"이미 각오했습니다."

"괜히 신경을 끌었다는 생각은 하지 않나?"

"처음에는 그런 생각도 했습니다만…… 그래도 보여주고 싶었습니다."

"무엇을?"

"저들이 사냥개로 여기는 자들도 그들과 다르지 않다는 것을요."

"호오."

한유원은 작게 탄성을 질렀다.

동정오우. 북궁검가. 주익. 북궁민. 그들 모두가 무성이 봤을 때는 정점에 군림해 모든 것을 아래로 내려다보는 자들이다.

그들에게 생을 억압당하고 유린당한 무성으로서는 무언가라도 해서 외치고 싶었으리라.

"자네는 어쩌면 손해 보는 삶을 살겠군."

"그럴지도 모르지요. 하지만……."

무성은 차갑게 눈을 번뜩였다.

"언젠간 저들이 손해를 보았다고 깨닫게 할 겁니다."

* * *

이튿날, 아침.

절벽 끝에는 다섯 귀병이 모두 한 곳에 모였다.

중심에는 한유원이 있었다. 그는 이곳에 숨겨뒀던 바퀴 달린 의자에 가만히 앉아 있었다.

"아직 이곳 요새에 설치된 기관 장치들은 미완성이거나 단

발인 경우가 많소. 해서 이것을 충원하거나, 개보수할 필요가 있소."

귀병들은 모두 동의한다는 듯이 고개를 끄덕였다.

한 달 동안 틈틈이 만든 것이니 아직 엉성한 점이 많다. 이대로 둔다면 북명검수들도 약점을 파악하고 금세 공략하려 들 것이다.

"남 소저와 간독은 내가 지시를 내려줄 터이니 이곳에서 기관 장치들을 손보는 걸 도와주시오. 무성과 대웅은 필요한 재료들을 써 줄 테니 밑에서 조달 좀 해 주고."

남소유의 눈이 살짝 커졌다.

"밑에는 여전히 북명검수들이 진을 치고 있을 거예요. 그런데 두 사람만 보낸다고요?"

제아무리 무성이 북명검수들을 숱하게 유린했다고 하지만, 그것은 어디까지나 실력이 아닌 심기를 이용한 재주였을 뿐.

이제 북명검수 내에서도 무성에 대한 분석 및 파악이 끝났을 것이다.

단단히 이를 갈고 있을 테니, 무성이 나타나는 순간 크나큰 소란이 벌어지리라.

"걱정하지 않으셔도 됩니다."

하지만 무성은 남소유의 걱정을 일단락시키고 자리에서 일어났다. 허리춤에는 검이 걸렸다.

"대웅, 그럼 가시죠."

대웅은 순박한 얼굴로 고개를 끄덕이더니 꼬리처럼 무성의 뒤를 따랐다.

남소유만이 걱정 어린 시선으로 뒤를 쳐다보았다. 한유원은 그런 남소유와 무성을 보다 슬쩍 엷은 미소를 폈다.

요새에서 밖으로 향하는 길목은 단 하나만이 있다.

하지만 길목에는 단순하면서도 치명적인 장치들이 설치되어 있어 외부에서의 접근을 철저히 차단했다.

결국 길목 주변에는 북명검수들이 밤새 진을 치고서 대기하고 있었다.

무성은 길목을 벗어나기 전에 눈을 가느다랗게 좁히며 영통결로 주변을 철저히 살폈다.

"숫자는 모두 열 명인가?"

무성은 입가에 엷은 미소를 폈다.

많으면 많을수록 혼란을 주기 좋다.

"대웅, 시작하죠."

대웅이 크게 고개를 끄덕이더니 이내 인상을 굳혔다. 눈살을 살짝 안쪽으로 찌푸리자 순박했던 얼굴이 흉신악살처럼 일그러졌다.

"크오오오오!"

쾅! 쾅! 콰—아—앙!

대웅이 난데없이 길목을 주먹으로 때리기 시작한다.

엄청난 충격파에 절벽이 통째로 흔들렸다. 위에서 부서진 낙석이 북명검수들의 진영 쪽으로 떨어졌다.

그들이 모두 당황하는 사이.

무성은 검을 뽑아 절벽 바깥쪽으로 뛰어내렸다.

마치 그 모습이 하늘을 나는 새 같았다.

*　　　*　　　*

"역시나 힘을 합쳤군."

"쫓을까요?"

"아니. 놔두어라. 어차피 돌아올 테니 굳이 지금 힘을 뺄 필요는 없지. 안쪽과의 연락은 잘 되고 있나?"

"예."

"그럼 됐어. 덫이나 쳐 둬."

第八章

남소유

무성은 검에다 공력을 가득 담아 휘둘렀다.

효월서광. 초승달 모양의 칼바람은 추락하던 바위를 세게 후려쳤다.

그러자 잘게 부서져 우수수 떨어지는 파편들.

무성은 그 속으로 몸을 날리고 있었다.

팟! 파바밧!

낙석 파편 하나하나를 징검다리 삼아 쭉쭉 뻗어나간다.

마치 무게 하나 없는 깃털처럼 사뿐히 허공을 가로지르는 모습은 정말이지 보는 이로 하여금 절로 탄성을 터뜨리게 만드는 기예였다.

하지만 정작 낙석 소나기를 맞게 된 북명검수들은 화들
짝 놀라 제자리에서 벗어나기 바빴다.

몇몇 북명검수는 그들의 머리 위를 훌쩍 넘어 사라지는
무성을 따라 움직였다.

"놈이 도망친다! 잡아!"

혹시 모르기에 세 명이 남고, 남은 일곱 명이 무성을 쫓
았다.

그러나 이미 무성은 그들의 시야에서 거의 사라지고 없
었다.

결국 잠시 후, 북명검수들은 눈앞에서 놓쳐 버린 귀병들
을 떠올리면서 이를 갈았다.

*　　　*　　　*

"여기까진 오지 않겠지."

무성은 암벽 지대에서 한참이나 벗어난 후에야 경공을
멈췄다.

그렇게 날린 기예와 빠른 속도를 보였는데도 불구하고
숨소리 하나 흐트러지지 않았다. 변이를 시작하면서 가장
주되게 수련을 했던 것이 바로 경공이었다.

그때 무성 뒤편으로 큰 그림자 하나가 드리웠다. 아무런

기척도 없이.

화들짝 놀랄 법도 하건만, 무성은 태연히 돌아섰다.

"히히히히."

대웅이 순박한 얼굴로 미소를 짓고 있었다.

무성도 따라서 미소를 지었다.

"추격은 없었습니까?"

대웅은 크게 고개를 끄덕였다. 눈빛이 초롱초롱하게 빛내며 가만히 무성을 쳐다본다.

잠시간 말이 없었다.

무성은 고개를 갸웃거렸다.

무언가를 해 달라는 것 같은데, 뭘 해 달라는 건지를 잘 모르겠다.

그래도 대웅은 여전히 가만히 눈을 빛내기만 한다.

자신보다 나이가 많은 사람이 이러니 조금 부담스러울 법도 한데도 그러기는커녕 온순하게만 보인다.

조금 익숙하다.

'어? 이건……?'

무성은 뒤늦게야 왜 대웅의 모습이 익숙한지를 깨달을 수 있었다.

예전에 자신이 그랬었다.

바쁜 누이를 도와주고 나면 누이를 향해 짓던 웃음. 바람을 담은 눈빛.

그럴 때면 누이는 슬며시 미소를 지으면서 머리를 쓰다 듬어 주곤 했다.

그것이면 세상 모든 것을 다 가진 것 같았다.

'순박한 사람이구나.'

무성은 대웅을 보며 미소를 지으며 말했다.

"수고하셨습니다."

"히히히!"

대웅은 해맑게 웃으며 자리를 방방 뛰어다녔다.

무성도 따라서 웃음을 터뜨리고 말았다.

무성과 대웅은 천옥원의 동쪽, 밀림 지대에 들어섰다.

"일단 우리가 조달해야 할 것들은 장작과 식량으로 쓸 것들입니다. 그리고 넝쿨이나 잡풀도 챙길 수 있는 대로 챙 겨야 합니다."

다행히 무성은 밀림 지대에서 한 달을 버텼다.

덕분에 이곳의 구조는 훤히 꿰뚫고 있었다.

어디에 어떤 동물들이 잘 모이는지, 어디에 식용 식물이 많이 피는지, 어디가 몸을 숨기기가 쉬운지.

무성은 품에서 비수 하나를 꺼냈다.

항시 발동되고 있는 영통결 덕택에 때마침 나뭇가지에

새 한 마리가 앉아 있는 것을 알았다.

그는 그쪽으로 비수를 던지려 몸을 돌렸다.

그런데 갑자기 대웅이 손을 뻗어 그를 말렸다.

"으으으! 으으!"

"······?"

무성은 영문을 몰라 왜 그러나 고개를 갸웃거렸다.

대웅은 손짓 발짓을 해 가며 무언가를 설명하려 했다. 비수를 던지는 시늉. 새가 맞는 시늉. 뭔가 터지는 시늉.

"아! 여기서 비수를 던지면 새를 쓰지 못하게 된다는 말씀이십니까?"

대웅은 그제야 만족에 찬 듯 고개를 끄덕였다. 그러더니 바닥에 아무렇게나 뒹굴고 있던 돌멩이를 주웠다.

그는 무성에게 잘 보라는 듯이 자신을 가리키더니 허공에다 돌을 던졌다.

휙!

그냥 단순한 돌팔매질이다.

그런데 돌멩이는 별다른 소란도 없이 조용히 포물선을 그리더니 새에 강타했다.

툭 하고 떨어진다. 무성의 눈이 살짝 커졌다.

새는 크게 다친 곳 하나 없었다. 머리만 다쳤다. 너무나 말끔한 솜씨다.

무성이 놀란 얼굴이 되자, 대웅은 자랑하듯이 씩 웃어 보였다.

"혹시 다른 것들도 이렇게 잡으실 수 있습니까?"

대웅은 크게 고개를 끄덕이더니 맡겨두라는 듯이 주먹으로 자신의 가슴팍을 크게 쳤다.

그러고는 말없이 밀림 안쪽으로 저벅저벅 들어갔다.

잠시 후, 대웅이 터덜터덜 밖으로 나왔다. 오른쪽 어깨에는 노루 두 마리가 혀를 길게 쭉 내밀고서 얹혀 있었다. 역시나 크게 다친 곳 하나 없이 멀쩡하다.

"대웅, 혹시 사냥꾼이셨습니까?"

대웅이 그렇다는 듯이 고개를 크게 끄덕였다.

쿵! 쿵!

대웅이 도끼질을 할 때마다 나무가 쩍쩍 갈라진다.

우르르!

"대단하군요."

무성은 혀를 내둘렀다.

자랑스럽게 웃는 대웅. 그는 사냥만큼이나 나무질도 잘했다. 주변에 있던 나무들은 모두 쓰러져 바닥에 줄지어 누워 있었다.

"그런데 이건 왜 놔둔 겁니까?"

주변의 나무들은 다 눕혔다. 그런데 유독 한 그루만 떠억하니 남아 있다.

대웅은 씩 웃더니 손으로 나뭇가지 사이를 가리켰다.

"아!"

무성은 뒤늦게야 이유를 깨닫고 탄성을 터뜨렸다.

그곳에는 아기 새 다섯 마리가 옹기종기 모여 있는 둥지 하나가 있었다.

"헤에."

대웅이 웃었다.

무성과 대웅은 밀림 곳곳을 쏘아 다녔다.

"대웅, 이건 먹을 수 있는 건가요?"

"저 녀석은 어떻게 잡는 게 좋을까요?"

"장작은 제가 팰게요. 가죽 정리 좀 도와주세요."

대웅은 숲에서 못 하는 것이 없었고, 또 못 구하는 것이 없었다.

넝쿨 몇 개와 지반을 이용해 간단한 덫을 만들어 동물을 몰아 잡는 것은 물론, 나무를 쉽게 자르는 법, 장작에 쓰일 나무를 구분하는 법, 힘들이지 않고 지게에 차곡차곡 쌓는 사소한 법과 식용 잡풀과 약초를 구분하는 재주까지 보였다.

사냥꾼, 약초꾼, 나무꾼. 숲은 대웅의 터전이었다.

그야말로 만능이다.

덕분에 무성의 일처리 속도도 빨라졌다.

모르는 것이 있으면 대웅에게 물어 금세 방법을 터득하고, 어려운 것이 있으면 대웅이 직접 나서서 해결해 준다.

덕분에 넝쿨을 대충 얽혀 만든 소쿠리에는 약초가 수북하게 쌓였다. 장작도 많이 모았다.

사냥이 끝나자, 대웅은 빠른 속도로 사냥감들을 해체하기 시작했다.

장작과 소쿠리만 해도 들고 가야할 것이 많으니, 부피를 최대한 줄일 심산이었다.

가죽을 벗기고, 피를 빼고, 내장을 끄집어낸다.

따로 만들어 둔 독에다가 살코기만을 발라 차곡차곡 쌓았다. 그러니 노루 한 마리가 독 하나에 통째로 들어가고도 남았다.

일을 이렇게 하면 꺼려할 법도 한데, 대웅의 얼굴에는 웃음꽃이 가득했다.

이런 것 하나하나가 너무나 반갑고 즐거워 보인다.

'아니. 그런 걸 떠나서 그냥 사람과 이렇게 같이 있는 걸 좋아하는 건가?'

무성은 약초를 분류하면서 슬쩍 대웅을 훔쳐보았다.

큰 덩치. 수련으로 가득한 상처들. 우락부락한 근육. 은연중에 흘러나오는 기도.

영락없는 고수의 풍모다.

하지만 얼굴은 시골 청년처럼 순박하기만 한다. 아니, 청년이라기보다는 어린아이 같다.

그러나 이면에는 또 다른 얼굴을 가지고 있다.

흉포한 투기와 살의. 무지막지한 신력. 북명검수들의 합공을 짓밟는 힘까지.

싸움에 임할 때만은 전혀 다른 인격이 나타난다.

하지만 다른 인격이라 하기엔, 또는 광증이라 하기엔 서로 다른 모습을 오고 가는 것이 너무나 자연스럽다. 지금도 이렇게 순박하게 있다가, 적이 나타나면 바로 흉신악살처럼 투기를 흘러내릴 것이다.

대체 무슨 일이 있었기에 이런 사람이 이곳까지 온 것일까?

끌려왔다는 생각은 들지 않았다.

무성이 처음 대웅을 보고 '괴물'이라고 느꼈듯이, 대웅은 절대 강제로 끌려올 사람이 아니다.

'귀병은 모두 각자가 어떤 목적을 갖고 있어. 죽어서도 이루고 싶어 하는 목적을.'

무성은 복수를 바란다.

한유원은 오욕으로 점철된 명예를 복구하길 바란다.

간독은 새 삶을 원한다.

남소유도 말하지 않지만 어떤 사연을 지니고 있다.

그럼 대웅은?

싸움을 싫어하고 순박하기 만한 사람이 왜 이곳까지 온 것일까?

사람과 가까워지려면 그 사람에 대해서 알아야 한다는 말.

한유원은 무성이 떠나기 전에 그런 말을 해 주었다.

대웅과 친해지려면 그가 어떤 사람인지를 관찰하라고.

무성은 귀병들을 모두 자신의 사람으로 만들겠노라 다짐했다.

단순히 북궁검가의 압박에서 벗어나기 위한 방편이 아니라, 어려운 지경에 처한 이들끼리 힘을 합치면 어떤 방도가 나오지 않을까 하는 생각에서였다.

그래서 이렇게 대웅과 같이 있을 수 있게 자리를 마련했다.

다행히 대웅은 무성에게 호의를 갖고 있다.

하지만 단순한 호의나 환심 정도로는 안 된다.

그런 것은 두 달 동안 같이 지내면서 사소한 다툼으로 얼마든지 깨질 수 있다.

다툼으로도 절대 깨지지 않을 탄탄한 무언가를 만들어야
했다.

물론 그렇다고 해서 억지로 과거를 캐내거나 말을 붙이
는 등 억지는 보이지 않았다.

그저 자연스럽게. 대웅이 부담스럽지 않도록.

'뭘 좋아하는지만 알아도 충분해.'

무성은 손을 더욱 바쁘게 움직였다.

*　　　*　　　*

"잘하고 있는지 모르겠군."

한유원은 자리에 없는 조카를 떠올리며 미소를 지었다.

아마 잘하고 있을 것이다.

똑똑하고 심성이 고운 아이이니.

한유원은 이런 식으로 자꾸 무성을 스스로 움직이게 하
고 고민을 하게 만들 생각이었다.

'그 아이는 크게 될 아이야. 큰 그릇을 갖고 있어. 복수
에 눈이 멀어 그 그릇을 깨 버리는 아둔한 짓을 하게 놔둘
수는 없으니…… 미망을 완전히 지우지는 못해도, 눈을 가
리고 있는 것들을 치워 버리고 주변을 둘러볼 수 있는 혜안
을 심어줘야 해.'

한유원은 죽은 무성의 누이에게 감사했다.

그녀가 바로 무성이란 크고 넓은 그릇을 만들었으니.

대신 한유원은 그릇 안을 채워 줄 생각이었다.

아주 좋은 것들로.

무성이 반듯하게 자랄 수 있도록.

어떤 고난과 역경이 닥쳐도 꿋꿋이 버텨 내고 이겨 낼 수 있는 강인한 심성을 가질 수 있도록. 절대 도망치거나 복수귀가 되는 일이 없도록.

"그런 반면에 이곳은 북해가 따로 없구나."

한유원은 눈을 가느다랗게 좁히며 한숨을 내쉬었다.

남소유와 간독은 저만치 떨어져서 묵묵히 각자에게 주어진 일만 하고 있었다.

간혹 간독이 유들유들하게 남소유에게 말을 붙이면, 그때마다 남소유는 싸늘하게 묵살해 버렸다.

'아직 갈 길이 멀어.'

어서 무성과 대웅이 돌아오기만을 바랄 뿐이었다.

두 사람은 해가 어렴풋이 진 후에야 돌아왔다.

* * *

야심한 밤이 되었다.

부르르!

무성은 옷을 벗고 연못에 몸을 담갔다. 한유원이 씻기 좋다며 가르쳐 준 장소다.

풀벌레 소리가 지저귄다. 달빛이 수면에 비친다.

'조용해.'

무성은 이 고요함이 좋았다.

누이가 죽고 난 후부터 정신없이 살았다. 쫓기듯이 하루하루를 겨우겨우 견뎌야 했다.

하지만 지금은 그럴 필요가 없다.

적도 없다. 북명검수들의 공격도 걱정하지 않아도 된다. 복수에 불을 지피지 않아도 된다.

아주 잠깐.

정말 적게나마 주어진 이 여유가 좋았다.

'대웅, 많이 피곤하셨던 것 같은데…… 주무시려나? 숙부님도 고생하셨던 것 같고.'

무성은 순박한 대웅을 떠올렸다. 그와 하루 종일 돌아다니는 동안 정말 기분은 좋았다. 대웅은 같이 있는 사람에게 행복을 가져다주는 존재였다.

반면에 한유원은 매우 피곤해 보였다.

씁쓸하게 웃으며 맞이하는 것을 보니, 남소유와 간독 사이에 하루 종일 치여 머리를 싸매셨던 모양이었다.

'절 고생시키신 대가입니다.'

무성은 슬며시 미소를 지으면서 자리에서 일어났다.

이제 곧 모두가 모이는 자시가 된다.

바로 그때,

"음?"

요요하게 빛나는 달빛 아래로, 무언가가 연못 안으로 조용히 들어오고 있었다.

둔부까지 내려오는 기다란 머리카락이 휘장처럼 아른거린다.

그 사이로 언뜻 보이는 수려한 곡선.

탐스럽게 맺힌 열매처럼 분홍빛이 감도는 가슴, 날렵하면서도 매끈하게 쭉 뻗은 다리. 한 줌도 되지 않을 것 같은 허리.

마치 보는 것만으로도 절로 빨려 들 것만 같은, 명장의 손길을 거친 듯한 작품처럼 매력적이다.

하지만 무성은 명장의 작품을 감상하지 못하고 크게 당황하고 말았다.

"나, 남 소저?"

"……!"

남소유도 그제야 뒤늦게 무성의 존재를 알아차렸다.

밤하늘에 박힌 별무리를 감상하고 있었던 듯, 연못에 천천히 몸을 담다가 흠칫 놀랐다.

너무 놀라면 비명도 나오지 않는다.

남소유는 뒤늦게 손에 공력을 끌어 모아 무성에게로 터뜨리려 했다.

무성은 재빨리 몸을 돌렸다.

"어, 어두워서 잘 안 보였습니다! 그, 그럼 먼저 나, 나가겠습니다."

무성은 당황한 나머지 횡설수설 거리다 재빨리 밖으로 걸음을 옮겼다.

옷이 남소유가 걸어온 쪽에 있다는 생각은 미처 하지 못했다.

지금은 아무런 소동 없이 이곳을 빠져나가야 한다는 생각으로 가득했다.

바로 그때,

"잠깐만요."

"……?"

무성은 걸음을 우뚝 멈췄다.

때마침 바람이 분다.

밤하늘을 닮은 싸늘한 바람이다. 하지만 남소유의 향이 살짝 묻어 향긋했다.

오랜만에 맡는 냄새다.

누이의 품에 안겼을 때에나 맡을 수 있었던 냄새……

"이야기 좀 할 수 있을까요?"

"하, 하지만……!"

"물론 뒤돌아본다면 죽여 버릴 거예요."

"……"

무성은 남소유의 과격한 말투에 아무런 말도 할 수 없었다. 그 속에는 정말 진한 살기가 묻어 있었다.

다행히 연못 중앙에는 한 사람 정도 가릴 수 있는 바위가 놓여 있었다.

무성과 남소유는 각각 반대쪽 바위에 등을 붙였다.

무성은 아직도 두근거리는 마음을 주체할 길이 없었다. 얼굴도 여전히 빨갛게 달아올라 뜨겁다.

'대체 왜 이러는 거야……?'

무성은 머리를 식히기 위해 수면에다 얼굴을 담갔다.

연못은 싸늘한 바람만큼이나 차가웠다.

다행히 차분한 마음이 들면서 열기도 가라앉는 것 같았다.

하지만 바위 너머에 남소유가 있다는 생각이 미치자 다시 열기가 올라오고 말았다.

자꾸만 눈앞에 그녀의 나신이 아른거린다.

수려한 곡선이며 고고한 자태. 월궁의 항아처럼 아름답던 모습. 당황하며 살짝 치켜 뜬 눈까지.

무성이 식은땀을 흘리며 고개를 절레절레 흔들었다.

"무슨 일 있으세요?"

무성이 있는 쪽에서 작은 소란이 일자, 남소유가 당황하며 묻는다. 방금 전 살기가 다분하던 말투가 아닌 염려와 걱정으로 가득한 말투다.

무성은 고개를 저었다.

"아, 아무것도 아닙니다!"

"그렇다면 다행이지만요."

겉으로는 수긍하는 척하지만 말투가 살짝 올라간다.

의문이 맺혀 있다. 여전히 이해가 안 간다는 뜻이다.

무성은 다시 반쯤 수면에다 얼굴을 담갔다.

'정말 이 여자…… 너무 순하잖아.'

조금씩 그런 모습을 눈치채긴 했지만, 정도가 심하다.

그저 여러 일을 겪으며 겉을 차가움으로 무장했을 뿐.

그 속은 너무나 여리다.

대웅과 마찬가지로 이런 곳에 어울리지 않는다.

대체 무엇이 그녀를 이런 사지로 내몰았을까?

"하고 싶으시다는 이야기가 뭡니까?"

무성이 질문을 던지자, 잠시간 답이 들리지 않았다.

고민을 하고 있는 모양이다.

하지만 남소유는 무언가를 다짐한 듯 살짝 눌린 어투로
입을 열었다.

"이런 짓을 하는 이유가 뭔가요?"

"예?"

전혀 생각지도 못한 질문. 무성의 눈이 커졌다.

"진 공자가……."

"무성이라 편하게 부르십시오. 나이도 제가 어리니."

"그래도 함부로 대할 순 없으니 존댓말을 계속 쓸게요.
여하튼 결정을 내리고 계속 생각을 해 봤지만…… 아무리
그래도 무성이 하는 일은 전혀 이해가 가지 않는 게 많아
요."

"어떤 점이 말입니까?"

"전부요."

"……."

"사실 당신이 전에 보였던 실력이나 심기를 보면 혼자서
도 충분히 잘 해낼 수 있을 텐데요. 두 달 동안 몸을 숨기면
서 곤호심법을 꾸준히 수련한다면 아마 북명검수쯤은 너끈
하게 잡을 수 있을지도 모르지요. 그런데 무성은 고생을 사
서 하고 있어요. 왜죠? 당신은 누이의 복수를 하는 데만 해
도 다른 곳에 눈을 돌릴 겨를이 없을 텐데요?"

"……."

무성은 잠시 말을 잇지 못했다.

그녀의 고민이 너무나 짙게 묻어난다.

탐색이나 의심이 아닌 순수한 질문. 하지만 그 속에는 너무나 많은 생각이 담겨 있다.

'이 여자, 나와 비슷한 사연을 갖고 있어.'

무언가 해야 할 일이 있다.

그런데 그 일을 하려면 보이는 길을 달리는 것만 해도 언제 도착할지 모른다.

그래서 갑갑한 것이다. 그녀는.

"답을 하실 이유가 없다는 건가요?"

"아닙니다. 생각을 정리하고 있었습니다."

무성은 담담하게 말을 이어나갔다. 자신도 모르는 사이에 미소가 맺혔다.

"그냥이라고 해 두죠."

"그냥…… 이라뇨?"

"사람이 사람으로서 살기 위한 행동입니다. 사람이 사람을 구하는데 따로 이유가 필요할까요?"

"……!"

"남 소저가 우려하신 바가 무엇인지는 잘 알겠지만 걱정 마십시오. 일단은 다 같이 손을 잡고 어떻게 북명검수들을 상대할지 고민해 보죠."

"……."

이번엔 남소유에게서 답이 없었다.

조용하다.

풀벌레 소리만 울린다.

"남 소저?"

"당신…… 같은 사람…… 다면……."

"예?"

"당신 같은 사람만 있었다면…… 당신 같은 사람이 한 명이라도 내 주변에 있었다면…… 그때 옆에 있었더라 면…… 이렇게……! 이렇게……!"

흐느끼는 목소리. 무언가가 수면 위로 뚝뚝 떨어진다.

울고 있다.

눈물이 달빛을 머금고 떨어져 잔잔하게 울린다.

"……."

무성은 그녀를 달래지 않았다.

그저 바위에 등을 붙인 채로 그녀가 눈물을 그칠 때까지 가만히 자리를 지켜주었다.

말없이, 묵묵히, 조용히.

그녀가 던지는 말을 모두 들어주었다.

그러면서 느낀 감정은 하나다.

'이 사람, 나와 똑같구나.'

무성은 조용히 눈을 감았다.

유달리 오늘따라 달빛이 시렸다.

*   *   *

자시가 되었다.

장작불이 타오른다. 땔나무가 살짝 무너지면서 불똥이
튀었다.

약조대로 장작 근처에는 대웅, 한유원, 간독이 둘러 앉았
다. 하지만 아직 서로가 서먹해 아무런 대화도 나오지 않았
다.

도리어 간독은 왜 이런 귀찮은 짓을 해야 하는지 모르겠
다며 노골적으로 불만을 토로했다.

한유원이 말없이 웃으며 그들을 보고 있을 때.

무성과 남소유가 같이 등장했다.

"조금 늦었습니다."

"아니네. 딱 맞춰 왔어."

"이런 야심한 시각에 남녀가 나란히 오다니. 무슨 일이
라도 있었던 것 아냐? 남 아가씨는 눈이 퉁퉁 붇기까지 했
고."

간독이 눈을 옆으로 쭉 찢으며 물었다. 전형적인 시비조였다.

무성이 뭐라 답하려 했는데, 묵묵히 있던 남소유가 차갑게 대꾸했다.

"같이 목욕했어요. 됐나요?"

"무, 뭐?"

"여기에 앉으면 되나요?"

"그, 그러시오."

"감사해요."

한유원은 오해 사기 쉬운 말을 태연하게 하는 남소유를 멍하니 보다가, 자신의 옆에 앉겠다는 것을 얼떨결에 허락하고 말았다. 간독도 크게 당황한 눈치였다.

한유원이 어떻게 된 일이냐며 무성을 돌아보자, 무성이 씁쓸하게 웃었다. 나중에 자세히 말하겠다는 뜻이다.

무성은 한유원의 우측에 앉았다.

남소유가 잘 보이지 않는 자리다. 혹시 남소유가 자신을 보고 부끄러워하지 않을까 하는 작은 배려였다.

"자, 그럼 모두 모였는데 이제 무슨 대화를 할까? 이렇게 모았으니 주제라도 있겠지?"

간독은 다시 여유를 되찾고 고개를 모로 꺾었다.

한유원은 슬며시 웃으며 고개를 끄덕였다.

"이전에 말했듯이 주제는 아무래도 상관없소. 그냥 잡담도 괜찮고, 불만 사항, 건의 사항도 괜찮소. 하고 싶은 말이 있으면 허심탄회하게 말씀하시오."

"……."

"……."

"……."

무성, 남소유, 대웅 모두 입을 꾹 다물고만 있다.

간독이 버럭 소리를 질렀다.

"썅! 이렇게 조용하게 있을 거면 뭐 하러 모인 거야"

"이야기하기 싫으면 하지 않으면 되는 거요. 말했잖소? 참석은 강제지만 참여는 강제가 아니라고."

"이이……!"

간독은 한유원의 여유로운 태도가 마음에 들지 않아 버럭 소리를 지르려 했다가 꾹 참아야 했다.

가만히 있던 세 쌍의 눈이 그를 노려보았다.

남소유는 인상을 굳히며 여차하면 대검을 뽑겠다는 투고, 대웅은 얼굴을 일그러뜨리며 투기를 줄기차게 뿜어내고 있었다.

무성은 고요한 눈빛으로 그를 보고 있었다.

그런데 그게 더 무섭게 느껴졌다.

잔잔한 귀화가 거칠게 타오르는 순간, 몸이 송두리째 타

버릴 것만 같았다.

"젠장!"

간독은 털썩 제자리에 주저앉았다.

…….

절벽 위는 다시 적막에 잠겼다.

그 후 반 시진 동안 아무도 입을 열지 않았다.

*   *   *

시간이 계속 흘렀다.

그동안 무성 등은 한유원이 지시하는 대로 요새를 보수하는데 집중했다. 다행히 무성과 대웅이 가져온 식량이 꽤 많아 농성에는 큰 무리가 없었다.

간간이 북명검수들이 공격을 해 오기도 했다.

하지만 그때마다 한유원은 귀신같은 계책을 내놓았다. 덕분에 무성 등은 그들을 크게 힘들이지 않고 무찔렀다.

결국 며칠 동안 쉬지 않고 이어질 것 같던 북명검수들의 공격 빈도수가 확 줄어들기 시작했다.

열흘이 지났을 때는 간간이 근방까지 순시만 하고 갈 뿐, 이렇다 할 공격은 없었다.

그러나 무성 등은 절대 경계를 게을리 하지 않았다.

그들이 겪었던 북명검수들은 절대 쉽게 물러날 자들이
아니다.

어떻게든 귀병을 잡을 방법을 모색하고 있을 터.

어쩌면 경계가 느슨해지는 것을 노렸다가 기습을 감행하
려는 것일 수도 있었다.

하지만 공격이 없다 보니 기관 장치를 개보수할 필요도
더 이상 없어서, 자연스레 개인 시간이 많아졌다.

그 시간 동안에는 무공 수련에 몰두했다.

무성은 가만히 반개(半開)했다.

살짝 열린 눈가 너머로 어렴풋하게 시야가 열린다.

하지만 무성이 보고 있는 것은 시각보다 더 훨씬 넓은 세
상이었다.

자신이 앉아 있는 바위부터 주변 바위들이 보이더니 차
츰차츰 영역이 넓어진다.

더 많은 바위들이 보이고, 바람에 실리는 먼지가 보이고,
암벽이 보인다.

또 세상이 더 크게 열리며 중간만 보이던 암벽은 밑부터
끝까지 모두 보인다. 이것은 또 옆의 암벽을 담아내고 다시
또 옆의, 옆의 암벽을…… 그렇게 커지고 계속 커지다 결국
암벽 지대 전체를 잡는다.

거시(巨視)만 있는 것이 아니다.

미시(微視)도 있다.

암벽 어디에 구멍이 파여 있고, 동굴이 어디에 있으며, 그 속에 있는 바위의 생김새가 어떤지 잡아낸다.

또 그 바위 위를 기어 다니는 벌레가 어떤 종류인지, 어떻게 움직이는지, 어디로 가는지도 알아낸다.

모든 감각이 활짝 열린 채로 모든 정보를 읽어 들인다.

이것은 곧 육감이 더해지면서 영감으로 변화, 그러다 끝내 심안(心眼)이 열렸다.

'대체 곤호심법은 내 몸을 어디까지 변화시키는 걸까?'

요새에 칩거한 지 한 달하고 보름이 지났다.

여전히 변이는 계속 진행 중이다.

아니, 도리어 근래 들어 속도가 더 빨라진 것 같다.

몸에 시도 때도 없이 활력이 돌고, 단전은 자꾸만 커지고, 감각은 예민해진다.

이제는 육체에 적응하는 것이 버거울 정도다.

'무위가 상승하는 것은 분명 바라던 일이지만…… 그래도 이건 아냐.'

제아무리 날이 잘 선 보검을 얻었다고 해도 그것을 다룰 재주가 없으면 제 몸만 다칠 뿐이다.

'방법을 찾아야 해.'

무성은 근래 자신의 무사부(武師父)가 된 사람을 찾았다.

"요즘 몸이 이상하다고요?"

아미(蛾眉)라는 말이 있다.

누에나방의 촉수처럼 초승달 모양으로 길게 굽은 아리따운 눈을 뜻한다.

남소유의 눈이 딱 그랬다.

"예. 도리어 적응이 힘듭니다."

무성이 무겁게 고개를 끄덕였다.

오래전에 남소유가 연못에서 눈물을 흘린 이후, 두 사람은 이상하게 급속도로 가까워졌다.

살가워진 것은 아니다.

그저 늘 얼굴을 보게 되니 자연스레 섞였다.

남소유도 무성에게만큼은 벽을 세우지 않았다.

그 때문일까?

무성은 이따금 무공을 수련하다가 막히는 부분이 있으면 남소유를 찾았다.

살공 기예를 어느 정도 터득하고 도효의 이해도 빠르긴 하다. 그렇지만 무성은 간혹 헷갈리는 부분이 있으면 자칫 잘못 습득할까 봐 노파심이 들었다.

하지만 도움을 청할 사람이 너무 없었다.

한유원은 무공과는 거리가 먼 유학자였고, 대웅은 설명을 잘 못하는 벙어리였으며, 간독은 무성과 대화를 잘 섞으려 들지 않았다.

그러다 보니 남소유에게 자연스레 부탁하게 되었다.

명문 출신일 거라던 짐작대로 남소유는 무공 지식에 대해 전반적으로 깊은 소양을 갖추고 있었다.

그녀는 자신이 아는 지식 내에서 무성에게 많은 충고와 조언을 해 주었다. 덕분에 무성은 기초를 바로잡으며 도효십이살의 습득 속도를 더 올릴 수 있었다.

"실례지만, 제가 잠깐 맥을 짚어 봐도 될까요?"

무성은 바로 손목을 내놓았다.

남소유는 잠시 당황했다.

강호에서 맥을 내준다는 것은 목을 내준다는 것과 같은 의미다. 가족끼리도 잘 하지 않는 짓인데, 무성은 당연하다는 듯이 내놓았다.

그만큼 신뢰하고 있다는 뜻이다.

남소유는 헛기침을 가볍게 하고 맥을 짚었다.

이상하게 얼굴이 붉어졌다. 가슴도 두근거렸다.

'내, 내가 왜 이러지?'

남소유는 자신의 변화를 감추려 노력했다.

하지만 그것도 잠시.

갑자기 인상이 굳어가기 시작했다.

"왜 그러십니까? 결과가 안 좋습니까?"

무성이 좋지 않은 예감이 들어 물었다.

남소유는 손을 거두더니 잠시 망설이다 묵묵히 고개를 끄덕였다.

"무성."

"예."

"지금부터 제가 하는 말 잘 들으세요. 어쩌면 무성에게는 청천벽력과 같은 이야기가 될 수도 있겠지만 그만큼 이야기가 심각하다는 걸 알아주세요."

"알겠습니다."

무성도 정좌를 하고 남소유의 말을 기다렸다.

남소유가 차갑게 말했다.

"무성, 지금 당장 무공을 폐해야만 해요. 그렇지 않으면 목숨이 위태로워져요."

"그게 무슨……!"

"여태 무공을 잘못 익히고 있었어요."

무성의 표정이 딱딱하게 굳었다.

그로서는 청천벽력이 따로 없었다.

"자세히 말씀 좀 해 주시겠습니까?"

"설명보다는 직접 느끼시는 게 이야기하기 편하겠죠. 혹시 남은 비수 있나요?"

무성은 무겁게 고개를 끄덕이더니 소맷자락 안쪽에 숨겨
뒀던 비수를 꺼내 보였다.

"가장 자신 있는 도효십이살의 초식으로 저 나무를 맞춰
보시겠어요?"

무성은 남소유의 의도를 알 수 없었지만 자세를 바로잡
고 숨을 가볍게 골랐다.

곤호진기가 기맥을 따라 흐른다.

비수에 강한 힘이 실렸다. 감촉이 묵직했다.

팟!

가볍게 허공에다 던지니 섬광 한 자락이 번뜩였다.

쾅!

비수는 나무를 가볍게 뚫고 나와 뒤편에 있던 다른 나무
들도 잇달아 격추시켰다. 네 그루나 되는 나무가 힘을 잃고
모로 기울어졌다.

그런데도 비수에 실린 힘은 줄어들 기미를 보이지 않았
다.

비수는 끝내 건너편에 있던 암벽에 꽂혔다.

쿠──웅! 쩌거걱!

암벽 일부가 박살 났다. 엄청난 흙먼지를 안고 미끄러져
아래로 추락했다.

무성은 멍한 시선으로 손을 내려다보았다.

'그새 더 강해졌어!'

처음 터득했던 것과 같은 효월서광이다.

하지만 위력은 천차만별이다.

이전에는 나무를 쓰러뜨리고 북명검수들을 위기로 몰아 넣는 게 고작이었다면, 지금은 마치 대포 탄알처럼 주변을 쑥대밭으로 만드는 어마어마한 위력을 지녔다.

문제는 분명 어제까지만 해도 이 정도가 아니었다는 점 이다.

그때는 그래도 어느 정도 공력 제어가 되었었는데.

이제는 마치 성난 들소처럼 제어가 안 된다.

더 무서운 점은 이 정도로 제어가 안 되면 공력도 남용이 되어야 하는데, 막상 소진된 공력은 아주 적었다.

만약 단전 속에 있는 모든 공력을 꺼내면 어떤 결과가 나 타날까?

무성은 저도 모르게 등 뒤로 식은땀이 흘러내렸다.

남소유의 표정도 무성만큼이나 굳어졌다.

"역시⋯⋯!"

남소유는 자신도 품에서 비수 하나를 꺼냈다.

"아마 방금 전 초식은 파탄(破綻)이 아닌 격추(擊墜)가 목 적이겠죠?"

"예."

"그럼 결과는 이런 것이 아니라, 이렇게 나와야죠."

남소유도 허공에다 비수를 던졌다.

퍽!

비수는 다른 나무줄기에 깔끔하게 꽂혔다.

무성이 보인 것과는 비교도 할 수 없을 정도로 위력이 미약하다.

하지만 무성은 영통결로 톡톡히 볼 수 있었다.

비수에는 아주 적당한 힘만 실렸다. 공력의 남용 따윈 없다. 결과물도 아주 깔끔하다.

특히나 비수가 꽂힌 자리에는 보통 주변부도 같이 함몰되는데, 남소유가 던진 비수는 아주 말끔하다.

때에 따라서는 격추뿐만 아니라 관통, 나아가 무성이 해낸 파탄까지도 가능하다는 뜻이다.

"차이점을 아시겠나요?"

"예."

아주 사소한 차이인데도 무성은 남소유와의 경지 차이를 절실히 실감할 수 있었다.

"무성은 도무지 힘을 제어하지 못하고 있어요. 여태껏 도효라는 신공을 이용해 고삐를 단단히 죄었지만, 이제는 그것도 통하지 않는 거예요. 문제는 그 힘이 앞으로도 더욱 가파르게 상승 곡선을 그릴 거란 점이죠."

무성은 정신이 멍했다.

"대체 이 힘이 무엇이기에……?"

"이법이라고 해요. 다를 이, 법칙 법. 전혀 다른 법칙이 통용되는, 기존 강호의 상식으로는 재단할 수 없는 이단의 무공이죠."

"……!"

"보통 무공은 대자연에 흐르는 기운을 가져와 가공한 내공을 사용해요. 흔히 후천지기(後天之氣)라고 하죠. 하지만 이법은 달라요. 내공을 사용하되, 그 힘은 대자연과 소우주를 합치면서 비롯돼요. 이런 방식을 통해 체내에 잠들어 있는 잠재력이 깨어나고 육신이 변화하죠. 선천지기(先天之氣)예요."

무성은 살짝 당황했다.

그도 후천지기니 선천지기니 하는 것은 대충이나마 알고 있었다.

"선천지기가 태어나면서부터 가진 아주 순수한 기운이라는 건 알고 있습니다. 하지만 그것을 사용한다는 것은……?"

"생명력을 갉아먹는다는 뜻이 아니냐는 거죠?"

무성은 말없이 고개를 끄덕였다.

"맞아요. 이법은 생명력을 갉아먹어요. 지금 무성을 비롯해 이곳에 있는 귀병, 아니, 북명검수들까지 이법을 익힌 사람들은 모두 생명을 담보로 힘을 얻은 것이에요."

"……!"

무성의 눈이 크게 굳어졌다.

"다른 사람들은 모르고 있지 않습니까?"

"모르죠. 하지만 알아도 이야기는 별반 다르지 않을 거예요. 각자가 원하는 바가 있으니까."

무성은 아무 말도 할 수 없었다.

각자 저마다 기구한 사연을 가진 귀병들.

그들은 모두 강한 힘을 절실히 바란다.

그리고 그것은 무성도 다르지 않았다…….

"하지만 생명을 담보로 한다고 해도 당장 죽는다거나 하는 건 아니에요. 때에 따라서는 이법의 규율을 꺾을 방도가 아예 없는 것도 아니고요. 그렇지 않다면 북명검수들이 이법을 손대지도 않았겠죠. 저도 마찬가지고요."

남소유의 말을 무성은 묵묵히 듣기만 했다.

정작 중요한 말은 지금부터다.

"그런데 무성은 그 정도가 심해요. 대체 어디서부터 어긋났는지 모르겠지만, 이법의 진행 속도가 너무 빨라요. 근래 이상한 점이 없었나요?"

무성은 잠시 고민에 잠기다가 답했다.

"공력을 끌어올리면 몸 전체가 반응을 합니다. 기맥, 세맥, 근육, 혈류, 관절, 혈도…… 전체가 공력과 함께 움직이면서 힘을 쥐어짭니다."

무성은 곤호심법을 익히면서 이상하게 신체 구조 하나하나가 뇌리에 강하게 새겨졌다.

외운 것은 아니다.

그저 몸이 알아서 기억했다.

"전신이 잠재되어 있던 잠력(潛力)을 자꾸 뿜어내는 거네요. 덕분에 변이에도 계속 가속도가 붙고."

무성은 '변이'라는 말뜻을 잘 몰랐지만, 곤호심법이 가져다주는 독특한 변화라는 것을 눈치챘다.

'그런데 대체 남 소저는 어떻게 이것들을 전부 다 아는 거지? 단순히 무공 지식이 넓다고 알 만한 것은 아니고. 처음부터 이법에 대해서 알고 있었나?'

무성은 곤호심법이 북궁검가의 것이 아님을 진즉에 눈치챘다.

하지만 그 길은 북명검수들이 제시하는 것 외에는 전혀 알지 못하는 것들투성이다.

이대로는 복수는커녕 아무것도 못 하다 스스로 자멸해버리고 만다.

새로운 길을 모색해야만 했다.

"하지만 절대 무공을 포기할 수는 없습니다. 다른 방법이 없겠습니까?"

남소유가 잠시 아무런 답도 못했다.

눈빛에 슬픈 감정이 깃든다. 동정, 안타까움, 슬픔.

무성은 저도 모르게 울컥하고 말았다.

쾅!

땅을 손바닥으로 세게 내려친다.

조바심이 들었다. 눈앞이 캄캄해졌다.

'어째서!'

하늘이 무너지는 것 같았다.

이제 곧 강한 힘을 얻을 것이라 생각했다.

지금은 변이에 적응하지 못하지만, 곧 모두 내 것으로 만들어 북명검수들을 호쾌하게 무찌를 거라 기대했다.

그 후에는 북궁검가를 등에 업고, 다른 귀병들의 힘을 빌려, 도효와 이법의 힘으로 주익의 심장에다 칼을 꽂을 수 있을 거라 믿었다.

스스로 잘 정련된 칼이 된다고 생각했었는데.

정말 시푸른 날을 드러내고 있다 믿었었는데!

실상은 부러지기 쉬운 쇳덩어리에 불과했다.

화르륵!

귀화가 타오른다.

근래 들어 사람 사는 맛을 알면서, 무공이 강해진다는 행복감에 도취되면서 사라졌던 귀화가 다시 거칠게 타올랐다.

귀화에 비친 남소유는 어딘가 갸날퍼 보였다.

'왜 당신이 그런 표정을 짓는가! 왜! 나를 이렇게 나락으로 빠뜨렸으면서!'

그녀는 슬픈 얼굴을 하면서도 단호하게 고개를 저었다.

"없어요. 그런 편한 방법 따윈."

*   *   *

자시가 되었다.

지난 한 달 보름 동안 정상에서 가지는 회합은 줄곧 한 번의 불참도 없이 지속적으로 이뤄졌다.

하지만 여전히 그들 사이에는 아무런 대화도 없었다.

한유원의 안색이 딱딱하게 굳었다.

"무성, 무슨 일이라도 있었나?"

무성이 달라졌다.

분명 겉으로 보기엔 평소와 다르지 않다.

힘 있는 걸음걸이, 위풍당당한 기세, 여유롭던 얼굴.

하지만 분위기가 다르다.

걸음걸이에서는 무언가 음산함이 풍기고, 기세는 마치 시체를 찾아 헤매는 승냥이처럼 스산함이 감돈다. 얼굴은 무표정으로 가라앉아 싸늘한 송장 같다.

특히나 눈가에 맺힌 귀화가 거칠었다.

처음 한유원이 무성과 만났을 때, 무성이 천옥원으로 가는 마차에 탑승했을 때와 같은 모습이다.

한유원과 같이 있던 대웅도 무성이 낯설기만 한지, 방금 전까지 방실방실 웃던 모습은 사라지고 없고, 미간을 살짝 좁혔다. 겁을 단단히 먹은 모습이었다.

"아무것도 아닙니다."

무성은 싸늘하게 대꾸하고 근처에 아무렇게나 앉았다.

평상시라면 한유원과 이런저런 이야기를 나누려 할 텐데. 지금은 벽을 둘러치고 홀로 있다.

'대체 뭐가 잘못된 거지? 무엇이 무성의 그릇을 깨 버린 거냐?'

한유원의 얼굴이 노파심이 어렸다.

"늦었어요."

"후후! 오늘도 다 모였군. 어이쿠! 오늘 막내의 표정이 좋지 않군그래?"

남소유가 조용히 들어오고, 간독은 건들거리면서 유달리 호들갑을 떨었다.

'태도로 봐선 간독은 아니야. 그럼 남소유? 그녀가 대체 뭐라고 했기에?'

한유원은 남소유를 가만히 응시했다.

남소유는 얼음장처럼 조용했다.

"오늘은 제가 말해도 될까요?"

회합을 시작한 지 일 각이 조금 지났을까.

갑자기 남소유가 말문을 열었다.

모두의 시선이 그녀에게로 쏠렸다.

회합 도중 간간이 대화를 나눠도 늘 아무 말도 하지 않고 조용하기만 하던 그녀. 그런 그녀가 먼저 말을 한 것은 이번이 처음이었다.

하지만 무성만큼은 남소유에게 시선을 주지 않았다.

"얼마든지."

한유원이 부드럽게 웃으며 허락했다. 남소유가 지금부터 하려는 말이 무성과 어떤 연관이 있을 거란 생각이 들었다.

남소유는 가볍게 숨을 고르더니 천천히 입을 열었다.

"우선 제 소개부터 간단히 하겠어요. 저는 소림사의 백팔나한(百八羅漢) 중 하나인 혈나한, 법유(法裕)라고 해요."

"소림의 나한?"

"소림사에 여자 제자가 있다는 말은 못 들었는데?"

모두가 놀란 얼굴이 된다.

그도 그럴 것이 소림은 강호의 거두다. 또한, 불교 선종(禪宗)의 본산으로서 수많은 불제자들을 두고 있다.

그런 소림에는 단 한 가지 규율이 있다.

절대 여제자는 두지 않는다는 것.

여인이 풍기는 향이 수양을 해야 할 승려들을 색욕으로 빠뜨린다는 점 때문이었다.

그런데 여인이 소림의 제자다?

그것도 무승 중에서 소수만이 오를 수 있다는 나한?

"혈나한은 그 이름처럼, 자비를 말하는 불가에 어울리지 않아요. 그래서 오랜 세월 혈나한은 소림의 그림자로 있으면서 소림에 관련된 각종 분쟁을 해결하고 다녔어요."

남소유는 담담하게 말을 이어나갔다.

"전대 혈나한이셨던 사부님도 그런 일을 해결하던 중에 고아가 된 절 거두셨어요. 하지만 소림은 금녀(禁女)의 성역. 당연히 본사에서 허락될 리 만무했고, 사부님은 결국 숭산 아래에 따로 암자를 마련해 조용히 산다는 것을 조건으로 절 키워주셨어요."

그 뒤로도 설명은 이어졌다.

아무도 모른 곳에서 은거를 하며 무럭무럭 자라나는 여인. 소림의 칠십이절예를 물려받으며 차기 혈나한으로 무럭무럭 자라난다.

사부는 과묵했지만 자상한 사람이었고, 남소유는 그런 사부를 아버지처럼 의지하고 따랐다.

"그런데 문제는 거기서 발생했어요."

어느 날, 무신련에서 사람이 찾아왔다.

무신의 제자인 그는 숭산 유람이 목적이라 했다.

소림에서도 절대 함부로 둘 사람이 아닌지라 안내에 정성을 기울였다.

그 때문에 미처 떠올리지 못했다.

숭산 한편에 승려와 여제자 하나가 머물고 있다는 것을. 그리고 그 여제자가 무럭무럭 자라 꽃다운 처녀가 되었다는 사실도.

무신의 제자는 남소유를 탐했다.

강북에서 황자나 다름없는 권력을 휘두르는그를 거부할 수 있는 곳은 어디에도 없었고, 결국 이 과정에서 분란이 발생했다.

남소유가 저항한 것이다. 그런데 더 큰 문제는 그 상황에서 사부가 부재중이었단 점이었다.

결국 남소유는 숨겼던 소림 무학을 드러내야 했다.

무신의 제자는 끈질긴 저항에 결국 남소유를 포기했다.

대신에 이것을 두고 트집을 잡았다.

소림사가 겉으로는 정도를 표방하면서 뒤로는 여인을 거둬 비밀 병기로 쓰려 한다면서. 본래 소림은 금녀 구역으로 유명하니 여인을 이용한다면 강호의 이목을 피할 수 있다는 이유에서였다.

거기다 한 가지 트집을 덧붙였다.

혹 이것이 무신련을 전복하기 위한 꿍꿍이가 아니냐고.

강북에 터를 잡은 문파들 중 무신련의 눈에 읽히지 않는 행동을 몰래하는 곳은 보통 역적으로 치부된다.

이런 점을 물고 늘어지면 충분히 사안이 복잡해질 수 있었다.

소림으로서는 때 아닌 날벼락이 아닐 수 없었다.

"저도 나중에야 알게 되었지만, 사실 사부님이 절 거둔 전제 조건은 절대 절학을 전수할 수 없도록 한다는 것이었어요. 사부님의 저의는 알 수 없었지만…… 당연히 이 일은 공론화되었고, 결국 법회까지 열렸어요."

남소유는 아직도 그때를 떠올릴 수 없다.

눈을 감으면 그날의 일이 악몽으로 다가온다.

손가락질을 하는 승려들. 욕설을 내뱉는 자들. 더럽다며 소리치는 이들.

또 누구는 '밖에서 뿌린 씨앗을 제자라 하며 데려온 건 아니냐?' 며 누명을 씌우기까지 했다.

대체 왜 이런단 말인가?

자신들이 무얼 잘못했기에?

심산에 박혀 조용히 지내고 있었던 자신들인데. 다정하고 소박하게만 지내고 있었는데.

정작 잘못한 것은 사부님이 아닌 나인데, 왜!

사부님은 행복해야 한다는 말을 유언으로 남기시고 자결을 택했다.

제자가 다치지 않도록. 더 큰 상처를 받지 않도록.

"그 후, 저는 규율대로라면 사지근맥이 잘려야 하지만, 사부님의 간절한 부탁 덕분이었는지 참회동에 유폐되는 정도로 끝났어요. 하지만 저는 도무지 그 사실을 인정할 수가 없었어요."

남소유의 눈이 붉게 달아올랐다.

억누르고 또 억눌렀던 감정들이 분출하기 시작했다.

또르륵. 눈물이 흐른다.

"그래서 북궁검가를 택한 것이구려."

한유원의 물음에 고개를 끄덕였다.

"예. 이런 결과를 낳은 무신련이, 소림사가, 대체 얼마나 잘난 곳인지 똑똑히 보고 싶었으니까요."

"그런데 여태 비밀로 해 뒀던 그걸 이야기 하는 연유가 무엇인지 여쭈어도 되겠소?"

남소유는 시선을 옆으로 돌렸다.

무성이 보인다.

아직 앳된 얼굴. 하지만 귀화는 거칠고 뜨겁다.

"저는 늘 분노에 싸여 살았어요. 세상 모든 것이 싫었죠. 하지만 무성은 달랐어요. 같이 분노에 있으면서도 세상을 탓하지 않았어요. 대신에 선을 긋고 정도를 지키려 했죠. 그래도 속내에서 분노는 사그라지기는커녕 도리어 더 뜨겁게 타고 있어요."

"……"

"대체 어떻게 그런 일이 가능한지, 그 마음이 너무 궁금했어요. 일이 뜻대로 풀리지 않는 건 예나 지금이나 같아요. 언제나 다른 시련과 난관에 부딪치죠. 그런데 이전에는 극복했으면서 이번에는 극복하지 않을 참이신가요? 당신은 저에게 그럴 용기를 줬으면서?"

"……"

무성이 고개를 들었다.

귀화는 여전히 뜨겁고 속내는 읽을 수 없다.

하지만 남소유는 그가 무언가 달라졌다고 느꼈다.

"저는 그런 당신이 좋았어요. 그러니 제가 좋아하는 모습으로 돌아오길 바라요."

"······!"

"······!"

모두의 시선이 경악에 잠긴 채 그녀에게로 쏠린다.

무성도 잠시 당황한 눈치였다.

남소유는 뭐가 잘못되었나 고개를 갸웃거리다, 자신의
실수를 깨닫고 얼굴을 붉히고 말았다.

"제, 제 말은 그, 그런 뜻이 아니라······!"

스륵!

무성은 말없이 자리에서 일어나 자리를 벗어났다.

남소유의 당황한 눈이 말없이 그 뒤를 따랐다. 한유원이
소리쳤다.

"어디 가는가?"

"수련이요. 이제 얼마 남지 않았으니까요."

목소리 속에는 더 이상 살의가 풍기지 않았다.

남소유의 입가가 살짝 미소를 폈다. 그녀는 한참이나 무
성의 뒤를 좇았다.

*　　　*　　　*

무성은 연못 쪽으로 천천히 걸어 내려갔다.

'아직 시간은 있어. 일단 목표부터 끝내자.'

남은 시간은 스무여 일.

당장 죽는 게 아니라면, 일단 지금 자신에게 주어진 힘을 완전히 제 것으로 삼아야 한다.

그러고 나서 복수를 이룬다.

'방법은 그 후에 찾아도 늦지 않아.'

검을 쥐는 무성의 손길에 힘이 강하게 실렸다.

귀화는 다른 어느 때보다 뜨거웠다.

*　　　*　　　*

그리고 다시 보름이 지났다.

마지막 날.

북명검수와의 결전이 시작되는 날이었다.

第九章

칼끝을 겨누다

무성은 낭떠러지 끝에 섰다.

저 멀리 북명검수들이 바쁘게 움직이는 것이 보였다.

"결국 한 달이 넘도록 한 번도 오지 않았군요."

"일망타진(一網打盡). 한 곳에 모두 모여 있을 때 한꺼번에 잡으려는 속셈이겠지."

한유원은 놈들을 내려다보다가 짙은 냉소를 띄었다.

북궁민이 그들에게 지시했던 시간은 모두 두 달. 일수로 치면 육십 일이다.

오늘이 바로 마지막 날, 육십 일째다.

북명검수는 귀병을, 귀병은 북명검수를 잡아야 한다.

그것이 이뤄지지 않았을 경우 각 진영에 가해지는 제재가 무엇인지는 모른다. 하지만 좋지 않다는 것만은 확실하다.

북명검수들도 오늘 내로 어떻게든 귀병을 모두 잡으려 혈안이 되어 있을 터.

오늘의 싸움은 절대 피할 수가 없다.

"무슨 생각을 하고 있는 걸까요?"

"모르지. 하지만 가만히 당하고 있을 수는 없지 않나?"

한유원의 말에 무성은 고개를 끄덕였다.

"그럼 시작하죠."

무성의 귀화가 거칠게 타올랐다.

"천옥원에서의 마지막 싸움을."

＊　　＊　　＊

"짜증 나는군."

칠호는 이를 바득 갈았다.

절벽 끝. 무성과 한유원이 이쪽을 내려다보는 모습이 보인다.

무성을 보고 있노라니 오른쪽 눈이 시큰해졌다.

"그래도 네 성격치곤 용케 잘 버텼어."

팔호가 옆에 서서 차갑게 미소를 지었다.

칠호는 코웃음을 치며 돌아섰다.

"약속만 지켜라."

"진무성의 목을 네 손으로 자르게 해 주겠다던 약속? 왜 당연한 소리를 하나."

팔호는 예전보다 성격이 훨씬 차가워진 칠호를 보며 혀를 찼다. 저 멀리 한쪽 팔을 잃고서 뜨겁게 눈을 태우고 있는 사십사호도 보였다.

"꼬마 하나가 사람을 여럿 망쳤어."

팔호는 다시 절벽 쪽으로 시선을 돌렸다.

때마침 옆으로 삼십이호가 천천히 다가왔다.

"준비 다 되었어."

"좋아."

팔호는 만족에 찬 미소를 띠며 손을 높이 들었다.

"그럼 이제 시작해 볼까?"

*　　　*　　　*

무성과 한유원은 대웅, 간독, 남소유가 있는 곳으로 내려왔다.

"바깥은?"

"바쁘게 움직이고 있어. 아마 곧 움직이겠지."

"제기랄! 미치겠군."

간독은 덜덜 떨리는 손을 내려다보았다.

북명검수에 대한 공포와 빨리 일을 끝내고 싶다는 흥분, 두 개의 감정이 교차한다. 아침부터 시작된 떨림은 도무지 진정되질 않았다.

그때 갑자기 무성이 간독의 손 위로 손을 포갰다.

"이게 뭔 짓이냐?"

"진정하란 뜻이야. 어차피 한 번 죽었다가 살아난 목숨이잖아? 그리고 우리는 무신을 잡으려는 사람들이야. 고작 이런 일로 당황해선 안 되지."

무성의 무뚝뚝한 말에 간독은 묘한 표정을 지었다. 그러다 입술 끝을 비틀었다.

"무신을 잡을 사람들이라? 크하하하하! 맞다. 맞아. 우리는 강북의 제왕을 잡을 놈들이었지? 키키키킥! 고작 이딴 일로 겁먹어선 안 되지."

광기에 찬 웃음이 절로 터져 나온다.

손 떨림도 거짓말처럼 멈췄다.

"꼬마! 지난 시간 동안 너는 재수 없는 놈이었다만, 이번만큼은 마음에 드는구나."

무성은 말없이 웃으며 남소유와 대웅을 돌아보았다.

"잘 부탁합니다. 작전은 고안대로만 하면 되니 너무 무리하지 마십시오. 이것 하나만큼은 기억하세요. 우리의 가장 최우선 과제는 하나입니다. 생존!"

두 사람이 묵묵히 고개를 끄덕인다.

대웅은 순박한 얼굴로 자신만 믿으라는 듯이 가슴팍을 두들겼다.

그때 갑자기 남소유가 불쑥 앞으로 나서더니 무성을 꼭 끌어안았다.

"……!"

갑작스러운 행동에 무성의 얼굴이 붉어졌다.

"살아남으세요. 무성도."

"……알겠습니다."

무성은 남소유의 곁을 나왔다.

그녀의 향긋한 체취가 코끝을 진하게 맴돈다.

'그래. 살아남는다. 이번 싸움에서도 살아남고, 무신과 주익을 잡을 때도 살아남고, 생명력이 다 해도 살아남을 거다. 그 후에는…… 아니. 그건 그때 생각하자.'

무성은 누이의 유언을 살짝 떠올리다 검을 뽑았다.

스르릉!

시푸른 예기가 빛을 발했다.

"그럼 시작하죠."

무성이 개전(開戰)을 선언하려는 찰나였다.

콰콰쾅! 우르르!

갑자기 벽력이 몰아치는 소리가 잇달아 울렸다. 화탄과 폭약이 터지면서 엄청난 양의 매연과 탄내가 잔뜩 퍼지기 시작했다.

그들이 서 있는 암벽 전체가 흔들린다.

그러다 무언가 부서지는 소리와 함께 대지 전체가 옆으로 기울어졌다.

발바닥 아래로 새겨진 균열이 삽시간에 거미줄처럼 넓게 퍼지면서 암벽 전체로 퍼졌다. 균열 위로 먼지구름이 올라와 귀병들을 덮쳤다.

암벽이, 요새가 무너지고 있었다.

*   *   *

쿠쿠쿠쿠!

암벽 전체가 무너진다.

아니, 산 일대 전체가 쓰러지고 있다.

무수히 많은 불꽃이 명멸을 반복한다.

폭약과 화탄이 일으키는 검은 매연, 붉은 불꽃. 탄내가 코끝을 찌르고 세상은 까맣게 물들어간다.

수많은 낙석이 쪼개진 단면을 따라 미끄러진다. 엄청난 양의 먼지구름이 자욱하게 퍼졌다. 돌멩이들이 폭우처럼 억수로 쏟아진다.

마치 세상이 붕괴될 것 같은 광경.

북명검수들은 한참이나 떨어진 곳에서 가만히 지켜보고 있었다.

"아름답군."

"시끄러워."

전자는 팔호의, 후자는 칠호의 평가였다.

"뭔가 마음에 안 드나?"

"그럼 들게 생겼나?"

칠호는 인상을 잔뜩 일그러뜨렸다. 손가락으로 여전히 계속 붕괴를 거듭하는 암벽을 가리켰다.

"저기 어디서 진무성을 찾으란 거지?"

지난 두 달 간 귀병은 암벽 전체를 요새로 삼았다.

아주 단순한 기관 장치들로 길목을 채워 북명검수들의 접근을 차단하고, 보이지 않는 길을 통해 출입을 수시로 하면서 식량을 자급자족했다.

결국 북명검수들은 작전을 바꿨다.

억지된 공성계(攻城計)는 아군의 피해만 부른다.

놈들이 밖으로 나올 수 없도록 안에 가둬 놓고, 밖에서는 다른 계략을 꾸미는 것이 훨씬 이득이었다.

때문에 북명검수들은 수시로 암벽 주변을 드나들면서 지반 조사를 했다.

환경은 어떻게 되는지, 지반의 구조는 어떻게 되는지.

어떻게 폭약을 매설해야 최소한의 양으로 암벽을 무너뜨릴 수 있는지.

그런 철저한 계산을 거쳤다.

무인인 북명검수들이 그럴 재주가 있을까 싶지만, 다행히도 북명검수는 문무를 겸비하는 이들이다.

특히 귀병들에게 읽는 법을 가르쳐 준 이들은 갖가지 계략에 능한 모사꾼들이 대부분이라, 일은 일사천리로 진행되었다.

그리고 그 결과가 바로 이것이다.

사실 칠호는 이번 계략이 처음부터 마음에 들지 않았다.

무인이 되어 칼로 승부를 하지 않고 머리싸움이라니!

하지만 그들이 키우고자 하는 귀병은 무인이 아닌 자객. 칼이 아닌 머리로 승부할 때가 많다. 사실 귀병의 이전 체재라 할 수 있는 북명검수도 크게 다르지 않았다.

그래서 참았다.

오로지 진무성의 목을 자신이 직접 벨 수 있다는 말만 믿고서.

그런데 저렇게 결과가 화려할 줄이야.

시신이라도 온전하게 남으면 다행이다.

칠호의 애꾸눈이 시푸른 귀화를 토해 낸다.

광기와 살의로 점철된 눈.

자신에게 모욕을 준 놈을 직접 자신의 손으로 죽일 수 없다는 사실에 대한 원한이 뒤섞였다.

"왜? 못 찾을 것 같나?"

그런데 팔호는 칠호의 분노에도 여유롭기만 했다.

"그게 무슨 소리지?"

"한유원은 계략에 뛰어난 놈이다. 과연 단순한 화공(火攻) 하나 예측하지 못했을까? 폭약이면 요새 전체를 날려 버리고도 남을 텐데?"

순간, 칠호의 귀화가 생기를 띠었다.

"그 말은?"

"아마 요새가 무너지는 와중에도 살아남을 수 있는 강구책 하나를 마련해 뒀겠지."

팔호의 입가에 진득한 미소가 걸렸다.

"제기랄! 미치겠군! 먼지가 왜 이렇게 많아!"

간독은 콜록콜록 기침을 하면서 연거푸 욕지거리를 내뱉었다.

먼지구름이 시야를 빼곡하게 메운다.

한 치 앞도 분간하기 어려운 상황.

그런데도 그의 발은 어디론가 쉬지 않고 움직였다.

시각은 차단되어도 영통결이 주변 정보를 계속 읽어 들이고 있었다.

"그래도 그런 혼란 속에서 살아남은 것만으로 다행이라고 여겨야 하지 않나요?"

남소유는 손으로 분진을 치우면서 간독과 일정한 거리를 유지한 채로 걸었다.

걸음은 쉽지 않다.

보보(步步)마다 전부 울퉁불퉁한 바위와 자잘한 돌멩이로 가득하다. 무릎까지 올라오는 큼지막한 돌이 많아서 훌쩍훌쩍 뛰어다녀야 했다.

먼지구름 너머로 큼지막한 그림자가 그녀의 뒤를 바짝 따르고 있다.

쿵, 쿵, 걸음이 무겁다. 대웅이었다.

하지만 거기서 흘러나오는 목소리는 중후했다.

"한가롭게 대화를 나눌 시간이 없소. 아마 지금쯤 놈들도 상황을 깨닫고 우리를 추적하고 있을 터이니. 어서 목적지에 도착해야만 하오."

한유원이다. 그는 늘 타고 다니던 의자를 버렸다.

지금은 대웅이 그의 발이 되어 주었다.

그때 간독이 의문을 표했다.

"그런데 정말 북명검수들이 알고 쫓아오는 거 맞아? 그렇게 소란을 떨었는데 살아 있다고 생각하는 게 이상하지 않나?"

절벽이 무너졌다. 아니, 산 하나가 통째로 쓰러졌다.

보통 사람이 가진 상식으로 통할 범위가 아니다.

간독은 아직도 기억한다.

매설된 폭약이 일제히 폭발하며 암벽이 무너지기 바로 직전, 한유원과 무성이 나눠 주었던 이상한 기구 하나를.

삼각형으로 자른 큰 천 하나에 철근이 몇 개 연결된 이상한 기구.

하지만 그것에 몸을 싣고 암벽 밖으로 몸을 던지는 순간, 지상에서 불어오는 바람을 타고 부드럽게 아래로 미끄러졌다. 마치 새가 된 것 같았다.

한유원이 바퀴 달린 의자처럼 기상천외하고 복잡한 기구를 수없이 만들어 낸다는 것은 알고 있었으나, 하늘을 나는 것까지 만들 줄은 꿈에도 몰랐다.

그렇게 한유원의 재주 덕에 귀병들은 모두 목숨을 부지했다.

간독은 당연히 이번이 기회라 생각했다.

북명검수들이 자신들이 죽었다 여기는 동안 허를 찔러 몰아친다면 승세를 구가할 수도 있었다.

그런데 한유원은 그 생각을 부정했다.

너무나 간단히.

"이상하지. 사실 그것이 상식이기도 하네. 내 얼굴에 금칠을 하는 것 같아 부끄럽지만, 아마 제갈세가의 신기수사가 아니고서야 내 병법과 계략을 당해낼 자도 없을 걸세."

신기수사는 신주삼십육성 중 한 명인 지략가다. 또한, 북궁검가와 함께 무신련의 사대 가문 중 하나인 제갈세가의 가주이기도 했다.

"그럼 된 것 아냐?"

"문제는 무신련에는 인재가 구름처럼 많아 신기수사에 버금갈 만한 실력자도 있다는 게 문제지. 바로 그런 자가 저들 내에 있다네."

그제야 간독도 사태의 심각성을 깨달았다.

여태 한유원을 다리가 불편하다는 핑계로 가만히 앉아서 자신들을 부려먹기만 한 자라고 여겼었는데.

그런데 사실은 아주 오래전부터 누군가와 머리싸움을 하고 있었던 것이다.

"누군데? 그게?"

"북명검수들의 수장."

문무겸전(文武兼全)이라는 말이 어울리는 자.

또한, 항시 북궁민의 옆에 서서 오른팔이자 지낭 역할을 하는 자가 있다.

한유원의 인상이 딱딱하게 굳어졌다.

"유상일세."

"오셨습니까?"

칠호와 팔호는 수장의 등장에 고개를 조아렸다.

유상은 그들을 본 체 만 체 하며 암벽을 보았다.

"놈들은?"

"탈출 흔적을 발견했습니다. 방금 전 추격을 시작했습니다."

팔호의 보고에 유상은 고개를 끄덕였다.

그의 눈이 스산한 빛을 발했다.

간독의 표정이 굳어졌다.

"무슨 생각을 하는지 모를 것 같던 그놈이……?"

"무인들 사이에는 냉혈검객이라 불리지만, 우리 모사들 사이에서는 마뇌(魔腦)라 불리지."

한유원은 길게 한숨을 내쉬며 말을 이었다.

"아마 놈이라면 내 계략쯤은 손바닥 위를 읽듯이 쉽게

읽었을 걸세. 물론 반대이기도 하지만."

"완전 장기판이로군. 나는 포(砲)쯤 되나?"

간독이 툴툴거렸다.

"허허허! 그게 좋다면 그렇게 하게. 여하튼 이 장기판에서는 모두가 피 말리는 싸움이 될 걸세. 생각하기 쉬우면서도 생각하기 힘든 패. 그 사소한 차이가 이번 승부를 가를 테니."

그때 가만히 간독과 한유원의 대화를 듣고 있던 남소유가 불쑥 말을 꺼냈다.

이 자리에 없는 사람이 마음에 걸렸다.

"그럼 무성은……?"

"맞네. 칼이네."

한유원이 씁쓸하게 웃으며 고개를 끄덕였다.

"장(長)의 목을 치기 위한 칼."

*   *   *

스스스!

어둠이 내려앉은 밀림 속.

두 개의 귀화가 빠르게 달린다.

풀숲을 뚫고 무성이 검 한 자루를 역수로 든 채 어디론가 달리고 있었다.

*　　　*　　　*

유상은 고개를 모로 꺾었다.

"분명 놈들 중에는 따로 옆으로 빠진 자가 있을 것이다. 그자가 누군지를 먼저 파악해라."

칠호가 무슨 뜻인지 몰라 고개를 갸웃거린다.

하지만 눈치가 빠른 팔호는 재빨리 의미를 알아차렸다.

"양동 작전이란 말씀이십니까?"

"그래."

"하면 따로 빠진 자가 노리는 것은⋯⋯?"

"그야 당연하지 않느냐?"

유상이 피식 웃음을 터뜨렸다.

"나겠지."

"장군이라! 한(漢)? 초(楚)? 뭐, 아무래도 좋아! 그런 걸 단번에 잡을 수 있다면 북명검수를 죄다 잡는 건 무리도 아니겠지!"

간독의 두 눈이 희열로 번뜩였다.

한유원이 고개를 끄덕였다.

"병법 중에 금적금왕(擒賊擒王)이라는 말이 있네. 자고로 적을 잡으려면 우두머리부터 잡아야하는 법이지."

아둔한 대웅은 아직 이해를 못했다는 표정이었다. 하지만 믿고 의지하는 한유원이 그렇다 하니 무조건 옳다며 고개를 끄덕였다.

일행 중 남소유만이 여전히 표정이 좋지 않았다.

"하지만 자칫 무성이 잘못되기라도 한다면……!"

"그래도 어쩔 수 없소. 애초에 이번 작전의 초안을 발의한 것이 무성이니."

"무성이요?"

"그렇소. 우리가 방패가 되고 미끼가 되는 동안 자신이 칼이 되겠노라 말했소. 그래야만 이번 승부를 확실히 결할 수 있다고. 이 이상 녀석들의 의도대로 농락당하기는 싫다고 그러더군."

"……."

"무성은 정말 큰 결심을 하고 있었소. 나도 처음에는 우려했지만, 사내의 결심을 꺾는 것만큼 못된 짓도 없지 않소?"

남소유는 더 이상 아무 말도 할 수 없었다.

결심.

무성이 내린 마음이 무엇인지 모를 리 없다.

자신에게 주어진 시간이 별로 없다면 그 시간을 당길 심산이다.

언제나 큰 세력, 높은 사람, 권력에 의해 좌지우지되었던 인생.

무성은 마지막 남은 촛불을 태워 거친 바위에 몸을 던지려 하고 있었다. 자신이 깨지더라도 바위에다 흠집이라도 내겠단 일념으로.

"그럼 우리는 우리대로 준비합시다. 이제 곧 나타날 것 같으니."

툭!

갑자기 한유원을 업던 대웅이 달리다 말고 뜀박질을 멈췄다.

여전히 먼지구름이 빼곡하게 시야를 가려 앞을 분간하기가 힘들다.

하지만 대웅은 안개 너머를 노려보았다.

인상을 잔뜩 일그러뜨리고서. 흉포한 살의를 띠며.

"크르르르!"

마치 자신의 영역을 침범한 맹수를 만났을 때나 보일 법한 울음소리다.

간독과 남소유도 이미 마찬가지로 기파를 읽고 걸음을 멈췄다. 피부가 따끔거린다. 영통결이 본능을 자극했다.

남소유는 자세를 낮추고서 자신의 키만 한 대검을 크게 뽑아 들었고, 간독은 하나 남은 팔을 높이 들었다. 손가락 사이사이에는 둥근 귀왕령이 꽂혀 있었다.

"다행히 길을 잘 찾아왔나보군."

먼지구름이 살짝 걷히며 십구호가 나타났다.

한유원이 목표였던 그는 대어가 세 마리나 물리자 흡족한 미소를 폈다.

옆에는 진득한 살기를 흘리는 사십사호가 섰다.

그는 간독과 무성을 찾았다.

한 놈은 보인다.

그런데 왜 다른 놈은 안 보이는 거지?

간독은 사십사호와 눈이 마주치자마자 몸을 물렸다.

"미치겠군."

몸을 숨긴 두 달 동안 변이가 계속 이어지면서 이제는 전과 비교도 할 수 없을 정도로 강대한 힘을 얻었다.

북명검수와 일대일로 생사결을 벌여도 절대 지지 않을 거라 자신할 정도였다.

하지만 몸에 새겨진 공포는 쉽게 지워지지 않는다.

사십사호는 간독의 팔을 빼앗고 쉼 없이 농락을 했던 자.

녀석에 대한 간독의 증오는 하늘을 찌를 정도지만, 막상 눈으로 맞이하니 몸에 힘이 잔뜩 실렸다.

사십사호는 이전과 분위기가 몹시 달랐다.

병신처럼 취급했던 간독과 같은 꼴이 되었기 때문일까?

칠호에 비교할 바는 아니지만 두 눈은 흉광으로 번뜩인다. 하나 남은 팔은 검을 꽉 쥐며 언제라도 달려들 것처럼 굴었다.

사십사호는 주변을 둘러보다가 눈살을 찌푸렸다.

바득!

사십사호는 이를 갈았다.

"한 놈이 없어."

"그래. 없군. 아무래도 이 근방에는 아예 없는 것 같은데? 대장의 말이 맞았어. 남소유와 진무성, 둘 중 하나가 자리를 비울 것 같다더니."

십구호는 어쩔 수 없다는 듯이 어깨를 으쓱거렸다.

그는 사십사호와 다르게 별 상관없다는 투였다.

"그럼 시작해 볼까?"

스릉!

십구호와 사십사호가 천천히 검을 뽑으며 나섰다.

진득한 살의가 확 풍겨오자, 귀병들의 몸에도 단단히 힘이 실렸다.

간독은 어깨를 짓누르는 공포를 숨기고자 이를 악물고 한 발을 앞으로 내디뎠다.

공포는 공포. 깡은 그를 이길 자가 없다.

"씨발! 고작 두 놈이서 우리를 잡을 수 있을 것 같아?"

간독은 귀병의 힘을, 이법의 공능을 믿었다.

사십사호만은 어떻게든 자신의 힘으로 잡겠다는 투지를 보였다.

하지만 십구호는 가당치도 않는다는 듯, 입술 끝을 비틀었다.

"누가 그러던가? 우리가 두 명이라고?"

"뭐?"

스스스!

갑자기 먼지구름이 걷힌다.

그러면서 주변 풍광이 서서히 드러났다.

"젠장!"

간독은 다시 욕지거리를 내뱉고 말았다.

그들의 주변은 이미 여러 북명검수들에 의해 포위되어 있었다. 네 개의 회륜검진이 서로 맞물리거나 중첩된 대규모 회륜검진의 강맹한 기세가 그들을 겨누었다.

"씨팔!"

욕을 몇 번이고 해도 갑갑한 마음은 가라앉지 않았다.

＊　　＊　　＊

"이제야 먼지가 조금 가라앉는군."

유상은 자그마한 암벽 위로 자리를 옮겼다.

암벽 지대 전체가 한눈에 내려다보이는 장소다.

이곳에만 있으면 적들의 동향을 읽기가 쉽고 의도를 간파하기가 용이하다.

이법의 여러 공능을 크게 깨우친 귀병과 다르게 북명검수는 아주 일부분만 터득했다. 덕분에 그들은 시각에 크게 의존하는 경향이 강했다.

저 멀리 귀병들이 갇힌 것이 보였다.

"회륜검진은 톱니바퀴에서 착안한 검진. 톱니와 톱니가 맞물리면 더 빠르고 강한 동력을 낼 수 있듯이, 검진과 검진이 맞물리며 일어나는 차륜전(車輪戰)은 필승을 가져오지."

어디로도 빠져나갈 수 없는 포위망.

쉴 새 없이 퍼붓는 공격.

시전자들의 체력 안배를 둔 차륜전.

이 세 가지가 합쳐진 회륜검진은 당대 북궁검가를 최고의 가문으로 만들어 주었다.

때에 따라서는 소림이 자랑한다는 백팔나한진(百八羅漢陣)과 무당의 북두칠성진(北斗七星陣)과 견줄 만하다. 아니, 그 이상이라 할 수 있다.

비록 무성에 의해 파훼된 적이 있지만, 그것은 파훼가 아닌 훼방에 가까웠다.

하지만 지금은 그러지 못한다.

이전보다 더욱 탄탄하게 굳건해졌으니.

더군다나 유상은 스스로 미끼가 되었다.

암벽 위는 적들의 동향을 파악하기도 쉽지만, 반대로 상대에게 발각되기도 쉬운 위치다.

그는 이 근방 어딘가에 있을 '칼'에게 외치고 있었다.

나는 여기에 있노라고!

귀병들을 그물망에다 가둬 놓았으니 이제부터 귀병의 '칼'도 아주 바빠질 것이다.

회륜검진을 훼방 놓을지, 우두머리를 칠지.

'어느 것을 택하든 모두 너의 무덤이 되겠지만.'

그때였다.

휙!

밑에 순시를 하러 갔던 팔호가 당도했다.

"다녀왔습니다."

"누가 자리를 비웠더냐?"

"진무성이었습니다."

"역시."

갖가지 임기응변과 심기에 능한 녀석이다. 여기까지는 이미 짐작했던 바다.

"대장!"

가만히 시립해 있던 칠호가 고개를 조아렸다.

애꾸눈이 귀화를 뿜어낸다. 여러 의미를 내포하고 있었다.

"좋아. 허락하겠다."

"감사합니다!"

휙!

칠호는 재빨리 암벽을 내려갔다. 귀화는 이전보다 훨씬 크게 타오르고 있었다.

팔호는 그런 칠호를 내려다보다 유상을 돌아보았다.

"저대로 두어도 되겠습니까?"

"어차피 허락하지 않아도 혼자서 내려갔을 놈이다."

"칠호가 진무성을 잡을 수 있을 거라 생각하십니까?"

"당연히 무리겠지."

유상은 아주 냉정하게 수하의 패배를 판정했다.

이유는 간단하다.

무성은 귀병 중에서 가장 잘 이법의 공능을 체득했고 심기에도 능하다. 늘 이성적이고 냉정한 판단을 내릴 줄 안다.

따지자면 유상, 자신과 비슷하다.

하지만 칠호는 다르다.

늘 냉정하던 칠호는 괄시하던 무성에게 한쪽 눈을 뺏긴 이후로 분노와 증오에 싸여 있다. 이미 냉정 따윈 사라지고 없고, 오직 증오의 불길만 가득 품고 있다.

이미 무성의 변이는 진행될 대로 진행되어, 가진 바 무력도 북명검수와 엇비슷할 터.

이성과 본능, 두 개가 맞붙었을 때의 승부야 간단하다.

"하면 어찌……?"

"쥐새끼처럼 숨어 있을 진무성을 솎아 낼 갈퀴 정도는 될 테니까."

"……!"

팔호는 유상의 의도를 눈치채고 등 뒤로 식은땀을 흘렸다.

목적을 위해서라면 수하의 안위도 아무렇게나 내버릴 줄 아는 냉혈한.

팔호는 자신이 유상의 눈 밖에 나지 않은 사실에 감사했다.

"하면 칠호가 쥐새끼를 솎아 낼 동안 우리는 저들부터

처리하자."

유상이 한유원 등을 향해 턱짓을 한다.

팔호는 고개를 끄덕이며 앞으로 나섰다. 공력을 가득 담아 사자후를 터뜨렸다.

"대회륜검진, 개진(開陣)!"

중첩되거나 맞물린 네 개의 서로 다른 회륜검진.

도합 스무여 명이나 되는 북명검수들이 일제히 움직이기 시작하자 어마어마한 압박감이 전장을 짓눌렀다.

스스스!

십구호와 사십사호는 그 사이로 모습을 감췄다. 암격을 맡으려는 것이다.

"씨팔! 미치겠군!"

간독이 다시 욕지거리를 내뱉는 그때,

"여기에 내려주게나."

갑자기 한유원이 자신을 업은 대웅에게 말했다.

대웅은 잠시 한유원을 보다가 천천히 바닥에 한유원을 내려주었다.

한유원은 '어이쿠! 늙으니 이제 몸도 따라주질 않는구만.' 이라고 중얼거리며 바닥에 아무렇게나 앉았다. 한 손으로 등을 받치고 한 손으로는 눈덩이를 가볍게 문질렀다.

그사이 대웅은 한유원의 우측, 간독은 좌측, 남소유는 후미에 서서 북명검수들을 경계했다.

귀병들도 북명검수에 못지않은 위세를 풍긴다.

한유원은 중심에서 씩 하고 웃었다. 그는 허공 어딘가를 가만히 응시했다.

저 멀리 암벽이 보인다.

영통결로 예리해진 시각은 그 위에서 가만히 자신들을 내려다보는 유상과 팔호가 보였다.

두 사람 전부 한유원과 관련이 깊다.

유상은 머리를 부딪치는 모사이며 팔호는 한유원에게 신기병략을 가르쳐 준 선생이다.

"명당이 따로 없군. 저들이 한눈에 보이니."

한유원은 자신이 올려다보고 있으면서도, 마치 내려다보는 것처럼 씩 웃더니 한 손으로 무릎을 짚었다.

"하면 우리도 슬슬 준비해볼까?"

탁!

무릎을 짚던 손으로 바닥을 살며시 두들긴다.

그 순간,

우—웅!

범종을 두들기는 것처럼 공간이 미약하게 떨린다.

한유원과 귀병들을 중심으로 보이지 않는 기파가 동심원

을 그리며 전방위로 퍼졌다. 마치 잔잔한 호수에다 돌멩이를 던진 것처럼 길고 긴 파문이었다.

공기가 달라졌다.

분명 귀병들을 집어삼킬 것처럼 이글거리던 살기는 온데 간데없이, 갑자기 바람에 놓인 등불처럼 훅 하고 사라졌다.

대신에 눈으로 보이지 않는 무형지기가 온누리에 가득 퍼졌다.

화아아아!

바깥에서 강풍이 불며 대규모의 먼지구름을 몰려왔다.

방금 전에 날렸던 바로 그 먼지였다.

암벽 끝에 서 있던 유상이 살짝 미간을 찌푸렸다.

"무슨 짓을 한 거지?"

그때 저 멀리 있던 한유원이 이곳을 보며 웃었다.

상당히 먼 거리인데도 그의 목소리는 너무나 잘 들렸다.

"허허허! 과거 제갈무후는 적벽대전에서 화공을 부리기 전에 풍향을 바꾸기 위해 하늘에다 제사를 지냈다지? 비록 내가 그런 신기를 부릴 만한 재주는 없으나, 어디 그 고사를 따라해 보려고 그런다네."

한유원은 껄껄 기분 좋게 웃었다.

"자네는 우리를 함정에 가뒀다고 생각할지 모르지만, 사실 애초부터 이곳은 우리의 영역이었다네."

"……!"

"놈들을 쳐라!"

팔호가 이상한 낌새를 알아차리고 사자후가 우렁차게 울린다.

대회륜검진이 다급하게 검기와 검풍을 뿌리며 귀병들을 베어갔다. 하지만 불어오는 먼지구름에 시야가 가리고 발길이 잡힌다.

북명검수들의 매서운 검세는 애꿎은 허공만 갈랐다.

결국 먼지구름이 사라졌을 때, 귀병들은 그 자리에서 사라지고 없었다.

모두가 당황하는 그때,

『허허허허! 그럼 이제 우리가 시작함세.』

한유원의 목소리가 메아리처럼 쩌렁쩌렁하게 퍼졌다.

동시에 회륜검진 사이로 매서운 칼바람이 불어닥쳤다.

파바박! 서걱!

"크억!"

무언가가 튀는 소리가 들린다.

북명검수 하나가 목을 부여잡으며 허물어지고 있었다.

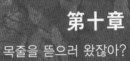

第十章

목줄을 뜯으러 왔잖아?

『이곳은 밀밀음영진(密密陰影陣)이라 하여 기환진(奇幻陣)의 일종일세. 자네들의 눈을 피해 이 장소를 물색하고, 만들고, 끌어들일 방안을 마련하느라 얼마나 골머리를 싸맸는지 아는가? 그래도 이렇게 직접 찾아와 주니 고마우이. 즐거운 마음으로 환대하겠네.』

어디서 들려오는지 모를 한유원의 목소리. 그것은 북명검수들에게 죽음을 예고하는 저승사자의 일갈이었다.

북명검수는 비명을 토했다.

날카로운 칼바람이 분다 싶더니 목덜미에 화끈한 상처가

났다. 피가 주르륵 흘러내렸다.

북명검수는 멍한 시선으로 허공을 부여잡다 그대로 엎어졌다.

"이게 대체!"

"어디지?"

북명검수들의 얼굴에 짙은 당혹감이 어렸다.

그들은 아무런 기척도 느끼지 못했다. 분명 귀병들이 있던 자리에는 아무도 없다.

피해자는 북쪽.

주변 북명검수들이 단단히 방비 태세를 갖추는 그때, 비명소리는 다른 곳에서도 터졌다.

서걱! 퍼걱!

"컥!"

"크아아악!"

이번에는 각각 동쪽과 서쪽.

한 명은 머리가 허공으로 둥실 떠올랐고, 다른 한 명은 상체와 하체가 분리된 채로 무너졌다.

그것이 시발탄이었다.

휘리릭! 따다당!

슥! 슥!

"막아!"

"쥐새끼 같은 새끼들! 대체 어디에 있는 거지?"

보이지 않는 칼바람이 맹렬하게 몰아친다.

북명검수들은 아주 미약하게 감각에 칼바람이 잡힐 때면 몸을 뒤틀거나 그곳으로 검을 뻗었다.

그럼 여지없이 강한 충격파가 검신을 두들겼다.

검병을 따라 찌르르 울리는 충격파에 이를 악물다가도 언제 불어올지 모르는 칼바람에 바짝 긴장해야 했다. 보이지 않는 공격이란 그만큼이나 무서웠다.

간혹 가다 검신을 타고 암기 몇 개가 떠오를 때도 있었다.

그럴 때면 간담이 서늘해졌다. 칼바람에 묻힌 암기라니.

이보다 더한 공포가 어디에 있단 말인가!

결국 대회륜검진의 이동 속도도 서서히 더뎌졌다.

검진을 발동하려 해도 목표가 보여야 압박을 가할 텐데 목표는 어디론가 사라지고 없다.

그렇다고 해서 완전히 종적을 감춘 것도 아니다.

분명 귀병들은 검진 안쪽에 있다.

휘리릭! 휙! 휙!

아주 미세하게 들리는 파공성. 미약한 움직임.

귀병들은 검진을 따라 돌고 있다. 녀석들이 뿌려 대는 칼바람은 회륜검진을 안에서 쉼 없이 맴돈다. 그러다 빈틈이 발견되는 즉시 파고들어 온다.

결국 스스로 안위를 지켜야만 하는 북명검수들의 발은 더 뎌졌고, 대회륜검진은 작동이 멈췄다.

회륜검진은 기본적으로 톱니바퀴 모양으로 이뤄진다. 톱 니에 이빨이 몇 개 빠지면 회전은 그치고 동력도 사그라진 다. 북궁검가가 자랑하는 검진 곳곳에 구멍이 숭숭 뚫렸다.

파바박!

그사이에도 귀병들은 어딘가에 묻혀 북명검수들의 목숨을 노리고 있었다.

『사냥꾼이라 생각했던 그대들이 사냥감이 된 소감이 어떠 한가?』

한유원의 목소리가 북명검수들의 비명을 배경음 삼아 잔 잔하게 울렸다.

*　　*　　*

칠호는 검을 뽑아든 채로 암벽 지대 곳곳을 뒤졌다.

"대체 어디로 숨은 거냐, 쥐새끼!"

칠호의 목소리가 쩌렁쩌렁하게 울린다.

병풍처럼 암벽이 줄지어 서 있어 크고 작은 협곡들이 놓여 있다. 자연스레 메아리도 넓게 퍼질 수밖에 없었다.

쥐새끼…… 새끼…… 끼…….

한참이나 퍼지던 메아리가 돌아올 때마다 칠호의 콧잔등에 패인 골도 점차 깊어졌다.

감각을 돌려 봐도 무성의 흔적조차 찾을 수 없다. 어디론가 숨었다 해도 위치를 알 수 없으니 답답하기만 하다.

'암격의 기예다. 대체 언제 이 정도까지 이룬 거지?'

북명검수 중 암격을 펼치는 이들은 따로 무영화흔(無影化痕)이라는 살공 기예를 익힌다. 당연히 자객을 지향하는 귀병들도 같이 익혔다.

하지만 다른 살공 기예와 다르게 무영화흔은 쉽사리 터득하기가 어렵다.

우선 극악한 난이도를 자랑한다.

또한, 북명검수들을 위해 따로 제작되어 별도의 운기법을 터득하지 않으면 극성을 이루기가 불가능하다.

이 운기법은 북명검수 내에서도 암격자(暗擊者)에게만 대대로 전수되어 귀병에게는 전해 주지 않았다.

그런데 무성은 대체 어떤 방도를 사용했는지 무영화흔을 완벽하게 펼쳐내고 있다.

아니, 그 이상을 선보이고 있다.

칠호는 별도로 무성에게 운기법을 가르치지 않았다.

다른 암격자들이 귀병들에게 가르쳤다고 생각할 수도 없다. 이에 대한 비밀은 평생 간직하는 것이 수칙이니.

아니, 만약 무영화흔의 운기법을 알아냈다 해도 칠호의 눈썰미를 피할 수는 없다.

그렇다면?

'놈은 다른 방식으로 무영화흔을 완성시켰다.'

이법의 공능인지, 도효의 효능인지는 알 수 없다.

그러나 확실히 본능이 말하고 있다.

'그래도 분명 이 근방에 있어.'

칠호는 검을 꽉 쥐었다.

찾을 수 없다면 이쪽이 다른 방식으로 찾아야 했다.

"그래. 생사결로는 승부를 하지 않겠다? 좋다! 원하는 대로 자객으로서 승부에 임해 주마."

스스스!

걸음을 옮긴다. 존재감이 무뎌지며 허공에 흐려진다.

자객은 인내심 싸움이다.

어차피 칠호는 다른 승부 따윈 아무런 관심도 없다. 자신의 눈을 빼앗은 무성만 잡으면 된다.

하지만 무성은 다르다.

북명검수들의 틈바구니에 둘러싸인 귀병들을 한시라도 급히 구하기 위해 움직여야 한다. 스스로 미끼가 되어 암벽 위에 서 있는 유상을 잡아야만 한다.

이건 시간 싸움이다.

칠호는 길게, 무성은 짧게.

서로에게 주어진 시간이 다른 이상, 시간이 길어질수록 무성도 다급해질 수밖에 없다.

아주 잠깐 흔들리는 순간. 그때야말로 무성을 잡을 수 있는 절호의 기회다.

'애초 이런 싸움을 건 것부터가 패착이었다, 진무성!'

허공 한가운데.

존재감이 흐려지다 이내 유령처럼 사라지는 칠호를 보는 한 쌍의 눈이 있었다.

그렇게 가만히 있기를 한참.

'슬슬 움직여 볼까?'

그림자는 걸음을 조금씩 움직였다.

'걸려들었군.'

칠호는 혀로 아랫입술을 축였다. 아주 잠깐이지만 공간이 미약하게 흔들렸다. 무성의 은신이 흐트러졌다. 움직이기 시작했다는 뜻이다.

'어디냐?'

칠호는 덤불 속에 숨어 먹이를 노리는 늑대처럼 몸을 잔뜩 웅크렸다.

짐작 가는 곳은 두 곳.

근처 암벽 옆으로 작게 나 있는 협로와 구릉처럼 경사가 야트막하게 진 뒤쪽 암벽.

유상이 있는 곳으로 가려면 모두 반드시 거쳐야 하는 곳들이다.

순간, 귀화가 흉흉한 빛을 뿜었다.

'찾았다!'

쉭!

암격자의 필살 기예, 일점유홍(一點流紅)이 공간을 찢었다.

그림자는 능선을 오르다 말고 귓가를 찢는 아주 희미한 소리를 포착했다.

영통결을 터득하지 않았다면 포착하지 못했을 소리. 그림자는 이법의 공능에 아주 감사하며 몸을 옆으로 틀었다.

챙!

넓은 검면과 뾰족한 검첨이 부딪친다.

강렬한 쇳소리와 함께 시뻘건 불똥이 위로 튀었다.

공간이 흔들리면서 분명 방금 전까지 아무도 없던 자리 위로 두 사람이 나타났다.

그림자는 이상하게도 큼지막한 까만 천을 머리끝부터 발끝까지 뒤집어쓰고 있었다.

몸을 가리기는커녕 시야도 제대로 잡히지 않을 거추장스러운 것을 왜 쓰고 있는지 이해가 안 간다.

하지만 칠호는 의구심을 가지지 않았다.

형체의 크기나 위세는 무성과 엇비슷하다.

아니, 애초에 이런 곳에 나타난 녀석이 다른 녀석이라 생각하기가 힘들다.

아마 천 쪼가리 안에 유상을 잡을 다른 암기나 무기 따위를 숨겨놨을 거라 짐작하며 허공에서 몸을 뒤집었다.

무기를 갖고 있다면 못 가게 만들면 된다.

칠호는 가볍게 착지를 하는 것과 동시에 갖고 있던 갖가지 암기를 모두 뿌렸다.

쉭쉭쉭!

여덟 개의 비수가 허공을 가르고 그 아래로 십여 개의 귀왕령이 날아든다.

그림자가 옆으로 크게 움직이자 뒤집어쓴 천이 바람에 펄럭인다.

그 사이로 큼지막한 검이 번뜩였다.

따다당! 퍼퍼펑!

"흥! 멍청한 짓!"

비수가 모조리 위로 튕겨난다. 일부는 그물에 걸린 물고기처럼 펄럭이는 천에 걸렸다.

하지만 둥근 환, 귀왕령은 달랐다.

충돌하자마자 가볍게 폭발한다. 위쪽이 살짝 깨지면서 갈색빛의 가루가 뿜어져 나왔다.

분말로 이뤄진 안개가 가득 퍼졌다.

독이다.

그것도 호흡기로 들어가면 오장육부의 수분을 빼앗아버리는 갈소분(渴消粉).

운무독해(雲霧毒害). 역시나 살공 기예의 수법이다.

이법의 중심, 곤호심법은 다른 여타 심법보다도 훨씬 호흡을 중시한다. 단번에 빨아들이는 양이 엄청나 당연히 시전자의 폐활량도 크다.

제아무리 숨을 참는다 해도 갈소분을 모두 참지는 못할 터. 그림자가 갈소분을 모두 삼킬 필요는 없다.

아주 소량만.

아주 조금만 삼켜도 승패는 쉽게 갈린다.

갈증을 느껴 방황하는 찰나의 사이, 다시 한 번 일점유홍이 전개되어 무성의 목을 노린다.

쉭!

칠호는 각력에 힘을 주어 궁신탄영의 수법으로 그림자와의 간격을 단숨에 좁혔다.

이 일격에 모든 마무리를 할 참이었다.

하지만,

파라락!

갑자기 장막처럼 넓게 펴졌던 새까만 천이 안쪽으로 한데 몰린다.

뱅그르르.

중심이 회오리모양을 그리며 앞으로 쭉 늘어나 갈소분 더미 중앙을 찌른다. 동시에 장막의 가장 끝 부분이 같이 몰려와 위와 아래에서 먹이를 먹는 짐승처럼 아가리처럼 닫았다.

보자기는 말소분과 함께 공기도 삼켜 빵빵하게 부풀어 올랐다.

칠호는 순간 새카만 바다가 자신의 시야를 덮쳤다고 생각했다.

'아, 안 돼!'

본능적으로 위험하다는 생각이 든다. 하지만 이미 몸은 관성의 법칙에 의해 앞으로 내달리고 있다. 검은 일점유홍을 따라 날아들며 보자기의 중앙을 찔렀다.

펑!

천이 찢어진다. 보자기가 터진다.

내용물이 작은 폭발과 함께 밖으로 튀어나온다.

방향은 칠호.

'흡!'

칠호는 두 눈을 부릅뜨며 뒤늦게 호흡을 참았다.

하지만 그가 간과한 것이 있었다.

그 역시 ,귀병처럼 곤호심법을 익혀 폐활량이 엄청나다는 것.

"컥!"

숨이 갑자기 턱 하고 막혔다.

코와 입으로 잠깐 들어간 말소분이 기도를 쪼그라들게 만들었다. 폐로 유입되는 통로가 작아지고, 오장육부가 제 기능을 잃으면서 순간적인 현기증이 핑하고 돌았다.

그 찰나의 순간이 승패를 갈랐다.

쉭!

시야를 가리던 여러 천 쪼가리 사이로 시뻘건 섬광이 번뜩였다.

아주 큼지막하고 어마어마한 파공성을 실은 대검.

"너, 너는……!"

퍽!

칠호는 말을 잇다 말고 둔탁한 충격에 머리가 터져 나가고 말았다.

한쪽 눈엔 분명 여기에 있어야 할 자가 없다는 사실에 의구심을 가지며.

타닥!

죽은 칠호의 시신을 밟고 능선을 오르는 발은 너무나 앙 증맞고 귀여웠다.

*　　*　　*

"대장, 이제 어쩔 참이십니까?"

팔호가 우려의 뜻을 표했다.

대체 무슨 수를 쓴 것인지 모른다.

어떻게 귀병들이 암격자들만이 능통하게 다룰 수 있을 무영화흔을 완벽히 구사하며, 역으로 회륜검진을 유린하는지도 이해가 가지 않는다.

확실한 것은 이 모두가 저들이 준비한 덫이란 것.

"하하! 하하하하!"

유상은 피식 웃음을 터뜨렸다.

언제나 냉정하기만 한 그이건만. 하지만 지금은 유달리 즐거워 보였다.

"하하하하! 한유원! 그래! 이래야 묵가(墨家)의 후예라 할 만하지! 정말이지 대단하오!"

유상의 웃음소리가 커져 가면 갈수록 팔호의 마음은 더욱 조급해졌다.

여기서 방책을 마련하지 않으면 북명검수는 전멸한다.

"팔호."

"예!"

"후퇴하라."

"……명을 따르겠습니다."

팔호는 치미는 굴욕감을 겨우 버텨내며 허공에다 신호탄을 쐈다.

붉은색 화약이 하늘 넓게 퍼진다. 후퇴 표식이었다.

저 멀리 회륜검진이 해체되고, 북명검수들이 달아나는 것이 보였다.

"일 차전은 실패다. 우선 남은 잔존 병력이라도 추슬러 다른 방식을 모색하자꾸나."

유상은 언제 웃었냐는 듯이 싸늘하게 얼굴을 굳혔다.

팔호처럼 그 역시 자신들이 가르쳤던 귀병 따위에게 패했다는 굴욕감, 강호와는 거리가 먼 학사였던 한유원에게 지략 싸움에서 패했다는 무력감에 분노를 느꼈다.

그렇게 돌아서려는 찰나,

"아뇨. 다른 싸움은 없을 거예요. 당신들 모두 이곳이 무덤이 될 테니."

여린 목소리가 살짝 퍼진다.

암벽 위로 들이는 발 하나. 그 뒤로 사람보다 더 큰 대검이 피를 뚝뚝 흘리며 꼬리처럼 딸려 왔다.

팔호의 인상이 굳어진다. 믿기지 않는다는 투다. 그는 재빨리 북명검수와 귀병이 있는 아래쪽을 내려다보았다.

유상의 골도 깊게 팼다.

"이건…… 생각도 못 했군. 분명 아래에 있어야 혈나한이 왜 이곳에 있는 거지?"

남소유는 무심한 얼굴로 유상을 보았다.

유상의 눈이 깊게 침잠했다.

"그럼 진무성은…… 어디로 간 거지?"

*　　*　　*

북궁민은 웃음을 주체할 수 없었다.

"하하! 하하하하!"

탁! 하고 무릎을 손바닥으로 치며 맘껏 웃었다.

그러길 한참.

북궁민은 눈가에 호선을 그리며 자신을 찾아온 손님을 보았다.

두려움 따윈 없었다. 그저 흥미로 가득하다.

"사냥개가 주인을 물러 왔군."

"……."

무성은 지그시 북궁민을 노려보았다. 귀화가 타올랐다.

장을 치고자 하는 칼.

유상이 본 장과 한유원이 본 장은 전혀 달랐다.

귀병이 잡고자 하는 것은 북명검수 따위가 아니다.

그 너머에 존재하는 이. 이 모든 상황을 만들고, 즐기는 이가 이곳에 있었다.

북궁민은 차갑게 웃었다.

"너, 지금 뭘 하고 있는지 주제 파악이나 하고 있는 거냐?"

"당연히 하고 있지."

북궁민의 조롱에 무성이 차갑게 웃었다.

"그러니 목줄을 뜯으러 왔잖아?"

쉭! 쾅!

북궁민이 앉아 있던 의자가 터지며 산산조각 난다.

두 사람의 검이 송곳니처럼 서로의 목을 향해 매섭게 번뜩였다.

〈다음 권에 계속〉